Maisey Yates

La pareja que engañó a todo el mundo

HARLEQUIN™

Editado por HARLEQUIN IBÉRICA, S.A.
Núñez de Balboa, 56
28001 Madrid

La pareja que engañó a todo el mundo, n.º 2291 - 26.2.14
Título original: The Couple Who Fooled the World
Publicada originalmente por Mills & Boon®, Ltd., Londres.

I.S.B.N.: 978-84-687-3948-9
Depósito legal: M-34268-2013
Editor responsable: Luis Pugni
Fotomecánica: M.T. Color & Diseño, S.L. Las Rozas (Madrid)
Impresión en Black print CPI (Barcelona)
Fecha impresion para Argentina: 25.8.14
Distribuidor exclusivo para España: LOGISTA
Distribuidor para México: CODIPLYRSA
Distribuidores para Argentina: interior, BERTRAN, S.A.C. Vélez Sársfield, 1950. Cap. Fed./ Buenos Aires y Gran Buenos Aires, VACCARO SÁNCHEZ y Cía, S.A.

Capítulo 1

POR su diseño y su facilidad de uso, el nuevo sistema operativo está muy por encima de cualquier competidor –Julia Anderson se giró para señalar la pantalla de alta definición que tenía detrás, en la que se estaba proyectando la interfaz de su ordenador para que lo vieran las miles de personas del público y los millones que estaban viendo la presentación por televisión y por Internet desde todos los rincones del mundo–. Tiene un diseño impecable, fácil de utilizar y estéticamente agradable, algo que, como todos sabemos, también importa. En tecnología no importan solo los cables, lo que importa es la gente.

Sonrió para las cámaras, segura de su buen aspecto. Menos mal que tenía un estilista personal y todo un equipo que se encargaba de que estuviera perfectamente peinada y maquillada porque sin ayuda, era un completo desastre. Se lo habían dicho muchas veces. Pero con una legión de personas que se aseguraban de que estuviera presentable, se veía capaz de enfrentarse al mundo entero, literalmente, con total confianza.

–Pero el diseño no lo es todo –tomó aire y volvió a mirar al ordenador–. También tiene que haber una buena seguridad. El nuevo cortafuegos que hemos incluido es el más seguro que hay ahora mismo en el mercado. Es capaz de identificar y bloquear las amenazas más sofisticadas, por lo que podrán tener la tranquilidad de saber que sus datos están protegidos.

En ese momento vio parpadear la imagen del monitor que tenía delante y apareció en el centro un vídeo que enseguida ocupó la pantalla entera. Julia se quedó helada mientras todo el mundo tenía los ojos puestos en ella y en la pantalla gigante que había a su espalda, donde se podía ver lo mismo que había en su ordenador.

–¿Seguro? A mí no me lo parece, señora Anderson. Puede que nos proteja de los pocos piratas informáticos que utilizan Anfalas porque cualquiera que use el programa Datasphere podrá entrar en el equipo sin ningún problema.

Sintió un sudor frío en la nuca. Le ardían las mejillas. Ferro Calvaresi era una auténtica pesadilla que la perseguía. Aunque, para ser justo, también lo era ella para él. Y los dos eran una pesadilla para Scott Hamlin. En pocas palabras, tenían la costumbre de molestarse los unos a los otros, pero aquello era demasiado.

El rostro de Ferro, ese rostro tan hermoso que resultaba enervante, había invadido toda la pantalla y, por tanto, su presentación. Su petulante sonrisa era la demostración de un fallo de seguridad del que Julia no sabía nada.

–Cualquiera no, señor Calvaresi –le rebatió, tratando de mantener la calma porque sabía que su humillación se estaba viendo en todo el mundo. El lanzamiento de su nuevo sistema operativo era la noticia del día, igual que ocurría cada vez que salía cualquier producto de Anfalas. Y Ferro acababa de estropearlo–. Casi se necesita tener un máster en tecnología para saber utilizar Datasphere. Sin embargo, los ordenadores Anfalas están pensados para el usuario.

–Pues su usuario acaba de sufrir un ataque. Quizá haya algún dato bancario al que pueda acceder.

Le hizo un gesto a uno de los técnicos para que cortara la comunicación entre el ordenador y la pantalla, que se quedó en negro al mismo tiempo que cortaba también el sonido. La voz y el rostro de Ferro seguían en su ordenador.

–Se acabó –le dijo, lanzándole una mirada fulminadora. Luego levantó la mirada hacia el público–. Les pido disculpas por la interrupción. Ya saben cómo es la competencia. No me extrañaría que estuviese intentando compensar ciertas carencias –el público estalló en carcajadas.

Los miembros de la prensa se morían de impaciencia, pero sabían que no debían bombardearla a preguntas antes de que llegara el momento indicado. Julia era muy estricta y no le gustaba que sus presentaciones sufrieran interrupción alguna.

Qué rabia.

Enseguida le llevaron otro ordenador y pudo proseguir con la demostración. Estaba claro que la parte en la que hablaba de la seguridad del nuevo sistema había quedado deslucida, así que optó por pasar directamente a hablar de la alta definición de los nuevos monitores y mostrar las bondades de los programas de edición de imagen y sonido, dos cosas que siempre causaban mucho efecto entre sus clientes.

Y cuando terminó decidió esquivar a la prensa. Salió a toda prisa del escenario, se puso las gafas de sol y agarró el bolso de manos de su ayudante.

–¿El coche?

–Por la puerta de atrás. Hemos puesto otro frente a la puerta principal para engañar a la prensa.

–Gracias –dijo Julia.

Habría querido abrazarse a él y echarse a llorar, pero Thad la habría regañado por estropearse el maquillaje. De todas maneras, ella jamás mostraría semejante debilidad. Los débiles no sobrevivían ni en la vida ni en los negocios, por eso ya nunca daba muestra alguna de vulnerabilidad. Sabía por experiencia que no debía hacerlo.

Lo que haría sería irse a casa, a su mansión con vistas al mar, mirar por la ventana y comerse un litro de helado. Sí, señor, se iba a entregar a la ingesta de calorías. Y después... después planearía una buena venganza contra el maldito Ferro Calvaresi.

Salió del edificio por la puerta de atrás, se metió en la limusina que la esperaba y cerró la puerta rápidamente para marcharse de allí cuanto antes.

–Hola.

Apenas giró la cabeza se quedó boquiabierta. Allí estaba Ferro, con su sonrisa burlona.

–¿Qué demonios...? ¿Qué haces en mi coche?

–Es el mío. Es que todas las limusinas se parecen.

–¿Entonces qué has hecho con mi coche?

–Le dije al conductor que se fuera, que ya tenías coche. Y que tenías una reunión... conmigo.

–¿Para poder darte un puñetazo en la cara por el numerito que has montado en mi presentación?

–Parece que has olvidado lo que ocurrió en mi último lanzamiento.

Julia trató de no sonreír.

–¿El qué?

–Las bolsas que dimos a los asistentes con el lanzamiento del nuevo teléfono de Datasphere tenían dentro tu OnePhone. Y luego proyectaste vuestro eslogan publicitario en la pared.

–*OnePhone puede con todos* –recordó riéndose–. No pasa de moda.

–No estoy de acuerdo.

–El problema es que tu presentación no era nada comparada con la mía. En la vuestra no había más que un grupo de informáticos. Mis presentaciones son todo un acontecimiento.

–Solo porque cada vez que sacas un producto nuevo lo conviertes en un espectáculo.

–Ese es mi estilo y a la gente le gusta. Marco tendencias, Calvaresi.

–¿Ah, sí? Las tendencias siempre pasan, si no, pregúntaselo a los vaqueros lavados a la piedra.

–Yo no dejo de evolucionar –replicó–. Mis productos no pierden importancia –el coche se puso en movimiento–. ¿Dónde vamos?

–A mi despacho.

–Mi jornada de trabajo ha terminado.

–No, Julia. A no ser que quieras perderte la oportunidad de tu vida.

–Acabo de tenerla ahí dentro –se miró las manos. Aquellas uñas no parecían suyas con esa manicura tan cuidada. Aunque no todo era tan fácil. Con cosmética y ropa cara, podía esconder a la loca de los ordenadores, pero seguía estando ahí. Lo que no haría sería dejar que el mundo volviera a ver a esa muchacha débil y vulnerable nunca más–. Yo me encuentro con las oportunidades de mi vida constantemente –volvió a mirarlo–. Oportunidades con las que la mayoría de la gente no se encuentra nunca. ¿Por qué? Porque trabajo mucho y porque soy un genio. Lo que quiere decir que, si paso de esta oportunidad, surgirá otra antes de la cena.

–Yo no apostaría por ello.

–Pareces muy seguro.

Ferro la miró fijamente y esbozó una ligera sonrisa.

–Barrows se ha puesto en contacto contigo.

–¿Cómo lo sabes?

La sonrisa creció en sus labios.

–No estaba del todo seguro hasta ahora. También se han puesto en contacto conmigo. Y con Hamlin. Nos están tanteando para diseñar el nuevo sistema de navegación de sus coches de lujo.

–¿Ah, sí? –preguntó sin entonar la pregunta.

Aquella oferta era lo más importante que le había ocurrido desde que el OnePhone se había convertido en el teléfono móvil más vendido en Estados Unidos. La posibilidad de que millones de coches fueran equipados con sus sistemas de navegación era algo increíble. Impresionante. Pero parecía que se enfrentaba a una dura competencia.

–Así es. Y, si quieres conseguirlo, yo puedo ayudarte.

–No necesito tu ayuda.

Ferro no se inmutó.

–Claro que la necesitas. Acabo de hacer que parezcas tremendamente vulnerable y poco preparada. Me parece que necesitas mi ayuda más de lo que crees.

Julia apretó los dientes. No había nada que odiara más que la palabra «vulnerable».

–¿Dónde está la trampa, Calvaresi?

–Tendrás que verme más –dijo, con una gran sonrisa triunfal.

Dios. Qué irritante era. Y qué guapo, lo que le hacía aún más irritante.

–¿Por qué? Si tienes intención de hacer más numeritos como el de hoy, no me va a hacer ninguna gracia tener que verte.

–La mayoría de las mujeres se alegrarían de verme más a menudo.

–La mayoría de las mujeres no se disputan contigo los beneficios del mercado ni el liderazgo como mejor empresa de tecnología del mundo.

–Ni tampoco me ocasionan tantas molestias. Pero estoy dispuesto a dejarlo pasar por un buen motivo.

–¿Qué buen motivo?

–Te seré sincero. Yo no puedo optar a ese proyecto, pero tú tampoco. Carezco de la... simplicidad de tus productos.

–Desde luego los tuyos no están pensados para el usuario.

–Porque no quiero empobrecerlos solo para vender más, a menos que sea necesario.

–Eres un esnob.

–Bueno –continuó diciendo–, el caso es que no tenemos la tecnología necesaria para que el sistema de navegación sea fácil y accesible para todo el mundo.

Pero sabes que mis procesadores son mejores y más duraderos que los tuyos. Hamlin es capaz de ofrecer una versión mediocre de mi procesador y de tu interfaz. Ninguna de las dos cosas sería tan buena como el original, pero es cierto que su procesador es mejor que el tuyo y su interfaz es mejor que la mía.

–¿Cómo sabes todo eso?

–Gracias al espionaje industrial, por supuesto.

–Eso no está bien.

–Sí, claro, como si tú nunca lo hubieras hecho.

Julia fingió estornudar y aprovechó para mirar por la ventana. Después de siete años, seguía impresionándole el paisaje de la costa californiana. Allí había empezado de cero una nueva vida.

Se había reiniciado por completo.

En aquel momento necesitaba una manera de huir por un instante de Ferro, de sus preguntas, sus sonrisas y de ese aroma masculino que desprendía, y no era nada fácil en un entorno tan reducido como el del interior de la limusina.

Muchos informáticos olían como si acabaran de salir de una cueva e incluso tenían la espalda algo encorvada de estar frente al ordenador. Quizá si no hubiera contratado al asesor de imagen, también ella habría acabado así porque lo cierto era que en su vida eran mucho más importantes los códigos binarios que el aspecto que tuviera. Las veces que había intentado arreglarse sola había acabado con una pinta ridícula. Sin un asesor, era un absoluto desastre.

Ferro, sin embargo, no era así. Tenía una elegancia y un atractivo sexual a los que rara vez prestaban atención las personas de su inteligencia, incluyéndola a ella.

Julia no podría lograr semejante atractivo sexual, ni siquiera con ayuda, aunque quisiera.

–Deduzco que tu silencio significa que estás de acuerdo –dijo él, con sequedad–. No quiero que Hamlin se haga con el proyecto porque lo quiero yo. Y estoy seguro de que a ti te pasa lo mismo.

–Sí –admitió ella sin apartar la mirada del paisaje. Al ver que la limusina tomaba un desvío, se giró hacia Ferro–. Pensé que íbamos a tu despacho.

–Sí, al de mi casa.

Julia frunció el ceño.

–¿Por qué?

–No quiero que nuestra alianza se haga pública hasta que sepa cómo presentarla al mundo.

–Hablas mucho en singular para estar proponiéndome que trabajemos juntos.

–¿Tienes algún problema? –le preguntó, desafiante.

–Uno no puede pensar en singular cuando se trabaja en equipo, Ferro, no sé si lo sabes.

–Odio los tópicos.

–Por algo se convierten en tópicos. Porque son ciertos.

–No necesariamente.

El vehículo se detuvo junto a un puesto de seguridad. Ferro bajó la ventanilla, puso el dedo pulgar en un escáner y luego le pidió a Julia que hiciera lo mismo.

–No va a reconocer mi huella.

–Lo sé, ni te servirá para que se abra la puerta, pero guardo el registro.

–¡Tienes un registro de huellas dactilares! Qué paranoico.

–¿Te parece innecesario?

Julia se encogió de hombros y le dio la razón a regañadientes. Seguramente ella era uno de los motivos por los que Ferro era tan paranoico, pues a menudo había tratado de descubrir todos sus secretos profesionales. Pero él también lo hacía.

–Ahora tú –le dijo él.

Miró a la ventana de su lado.

–¿Qué quieres, que pase por encima de ti para sacar la mano?

En sus ojos apareció un brillo malévolo.

–Eso es.

Julia sintió que le ardían las mejillas, pero tuvo mucho cuidado de no mirarlo a los ojos y de no parecer nerviosa. Estaba acostumbrada a los hombres y a sus insinuaciones, hasta el punto que ya ni la afectaban. Especialmente cuando llevaba puesta su coraza; esa imagen que ofrecía al mundo. Solo tenía que volver a comportarse como la ejecutiva fría y agresiva de siempre y recordar que Ferro Calvaresi solo pretendía intimidarla. Y ella jamás se dejaba intimidar por ningún hombre.

Así pues, respiró hondo y estiró el cuerpo por encima de él. Al rozarle el pecho le dio un vuelco el corazón y sintió algo tremendamente inquietante en todo el cuerpo. Algo que la dejó temblorosa y sin aliento.

Ahí estaba otra vez ese olor. De cerca podía apreciar todos los matices. Notó el aroma intenso de la loción de afeitado y otro más suave del jabón. Los dos cubrían esa piel limpia, tersa y masculina...

No estaba muy familiarizada con los olores masculinos, así que no sabía si había acertado en su interpretación. Claro que tampoco debería estar pensando en cómo olía Ferro Calvaresi.

«Pon el dedo en el escáner y apártate de él, estás retrocediendo».

Volvía a ser la adolescente triste y solitaria que había sido en otra época. La muchacha que no encajaba en ninguna parte y que finalmente había dejado de intentar hacerlo. Pero entonces lo habían intentado sus padres por ella y había sido aún peor porque había descubierto lo que ocurría cuando se era vulnerable, ingenua y confiada.

Apartó el recuerdo de su mente, se estiró un poco más para llegar al escáner e intentó no sentir el roce de su brazo en el pecho. No volvió a respirar hasta que oyó el pitido que confirmaba que la máquina había registrado su huella y pudo volver a su asiento.

Habían avanzado apenas unos metros cuando apareció otra puerta.

–No puede ser –murmuró Julia.

–Esta se abre con una clave –aclaró él mientras marcaba dicha clave en el teclado de su teléfono.

–Vaya.

–¿Es que tú no tienes el teléfono sincronizado con el sistema de seguridad de tu casa?

–No. Pero tengo un montón de juegos de lo más sofisticados.

–¿Cómo es posible que tus teléfonos se vendan más que los míos? –le preguntó, arrugando el entrecejo.

–¿No acabas de oír las palabras «juego» y «sofisticado»? Por eso se venden tanto.

–Pero eso no tiene ninguna utilidad práctica.

–Es posible, lo que ocurre es que la mayoría de la gente no tiene sistemas de seguridad de paranoicos.

–¿Cómo es el tuyo?

–Igual de paranoico que el tuyo, pero no necesito controlarlo desde el teléfono.

–Tendrás que reconocer que esto también es muy sofisticado.

–Está bien.

El coche se detuvo frente a una enorme casa que recordaba a un *palazzo* italiano. Ferro salió con una enorme sonrisa en los labios, le abrió la puerta a Julia y le ofreció una mano. A ella volvió a darle un vuelco al corazón al notar otra vez su olor.

–Corta el rollo, Calvaresi, esto es una reunión de negocios –salió del coche por si sola y cerró la puerta, teniendo mucho cuidado de no rozarlo en ningún momento–. No hagas nada que no harías con otro rival profesional.

–Tendré en cuenta que te pone nerviosa que te toque.

–¿Que me pone nerviosa? De eso nada. Lo que ocurre es que no quiero jueguecitos. Dime qué es lo que quieres para que pueda volver a casa cuanto antes. A estas horas del día, necesito urgentemente una copa de vino.

–Entonces pasa y tómatela aquí porque no va a ser una reunión corta.

–Claro que lo va a ser porque intuyo que no me va a gustar lo que me vas a proponer.

–No te va a gustar, pero no eres tonta y por eso me vas a escuchar.

–¿Ah, sí?

–Sí. Sabes que tienes algo que necesito y yo tengo algo que tú necesitas. La única manera de conseguirlo es que unamos nuestras fuerzas.

–Prefiero arder en el infierno.

–Estupendo, pero eso no servirá para conseguir el negocio, mientras que trabajar conmigo sí lo hará.

–No, solo conseguiré la mitad.

–La mitad es mejor que nada. Y mejor que lo consiga Hamlin.

–¿Y por qué crees que prefiero que consigas tú el negocio a que lo consiga Hamlin? –le preguntó.

Julia sabía que Scott Hamlin era un cretino y jamás había oído nada bueno de él. En su empresa había personas que habían trabajado para él y no describían a su exjefe con buenas palabras precisamente, pero quizá también sus antiguos empleados hablaran mal de ella y de Anfalas. También había contratado algunos exempleados de Ferro y a menudo les había oído mencionar la palabra «tirano».

Pero lo cierto era que ni a ella ni a Ferro los habían acusado nunca de acoso sexual. Hamlin era un machista asqueroso que carecía por completo de escrúpulos. Si había algo que odiaba era a esos hombres que se creían con derecho a abusar de una mujer solo por el hecho de ser hombres, de pagar un sueldo a esa mujer o por cualquier otra razón absurda.

Así pues, sí, la verdad era que prefería que Hamlin fracasara. Pero no quería parecer demasiado entusiasmada.

–Te conozco bastante y no te tengo demasiado cariño –miró la hora en su extravagante reloj exclusivo y puso en marcha el cronómetro–. Tienes un minuto para convencerme de que entre. Si no lo haces, me marcharé.

–Lo siento, *cara mia*, pero yo no hago así las cosas.

–¿Entonces ni siquiera vas a intentarlo?

–Solo puedo decir una cosa. Más vale lo malo conocido...

Capítulo 2

SE SUPONE que eso tiene que despertar mi curiosidad?

Ferro estaba molesto y toda la culpa era de Julia Anderson. Pero era algo habitual. Esa mujer era un peligro.

Nadie le hablaba así. Nadie lo trataba así. Pero claro, también era cierto que muy pocas personas estaban tan cerca de ser como él. La empresa de Julia había aparecido de repente cinco años antes y rápidamente se había hecho popular en todo el mundo. El propósito de Anfalas era llevar al gran público la tecnología capaz de hacer realidad sus fantasías.

Como era obvio, su visión del negocio era muy popular; una gran visión creativa combinada con un talento natural para la tecnología que Ferro no había visto en nadie excepto... en sí mismo. Eso la convertía en una temible adversaria.

Aunque ella se creía más temible de lo que era, como había demostrado ese mismo día con la manera en la que había recibido su oferta y creyendo que podía hacerse con el control de la situación.

Pero eso no iba a ocurrir.

–Sí, y parece que lo he conseguido.

–¿Tú crees? –cruzó los brazos bajo esos pechos

pequeños y perfectamente formados e inclinó la cabeza a un lado, lo que hizo que la melena rubia le cayera libremente sobre el hombro.

Iba vestida completamente de negro, muy en su estilo. Resultaba un poco ridículo teniendo en cuenta que vivían en la costa de California, pero seguramente ella creía que le hacía parecer dura.

Ferro opinaba que en realidad parecía una pálida muchacha gótica, pero nadie le había preguntado.

–Por algún motivo tienes la respiración entrecortada –le dijo–. O te interesa el proyecto... o te intereso yo –le dedicó su mejor sonrisa, esa con la que sabía que hacía derretir a las mujeres.

Ferro había convertido en arte el juego de la seducción. Era todo un experto en la provocación. Aunque, paradójicamente, las mujeres a las que solía provocar normalmente no lo necesitaban, pero les gustaba fingir que sí. Les gustaba que las sedujera porque hacía que se sintieran deseadas y, cuando un hombre hacía que una mujer se sintiera deseada... tenía todo el poder en sus manos y ya no era necesario más esfuerzo.

–Desde luego no eres tú lo que me interesa, así que puedes eliminar tal posibilidad –respondió, con cierta tensión.

Eso mismo era lo que siempre había pensado él. Julia parecía sentir verdadera aversión hacia él, pero en ese momento le había parecido una buena herramienta contra ella, igual que su falsa seducción. Siempre había una manera de llegar a la gente, un punto débil.

Aunque en su caso no era así. Ya no. Cuando a

uno lo atacaban demasiadas veces, acababa endureciéndose y su punto débil terminaba convirtiéndose en una coraza que no permitía que volvieran a llegar a él. Resultaba irónico, pero eso era lo que le había ocurrido a él.

–Entonces será que te interesa mi plan. En tal caso, me gustaría invitarte a entrar para que podamos hablar en privado.

–Tienes un sistema de seguridad a la altura del Pentágono, seguro que tendremos privacidad en cualquier rincón de la propiedad.

–Prefiero no correr riesgos.

–¿Esa paranoia es algo cultural?

–¿Qué?

–¿Todos los italianos sois tan paranoicos?

–Es posible, sobre todo si se han criado en las calles de Roma, eso suele volverle a uno muy cauto –cauto y rebelde hasta el punto de olvidarse de la conciencia y de las malas decisiones.

Bueno, quizá no de todas. Había algunas lecciones que no se debían olvidar.

–Lo comprendo, aunque mi experiencia es muy distinta. Los barrios residenciales de Ohio no son tan duros.

–Bueno, ahora que ya sabemos todo lo que podemos leer del otro en cualquier biografía, ¿quieres entrar y escuchar lo que quiero proponerte?

Ella fijó en él sus ojos azules unos segundos.

–Querer no quiero, pero lo haré.

–Entonces sí que he conseguido despertar tu curiosidad.

–Que no se te suba a la cabeza.

–Por aquí –dijo al tiempo que le ponía la mano en la parte inferior de la espalda.

Notó que se tensaba automáticamente y pensó que no reaccionaba como las otras mujeres. Julia Anderson no se derretía, ni lo miraba embobada y eso la hacía más difícil de manipular. Pero no del todo imposible.

–¿Le harías eso a un hombre? –le preguntó ella, mirándole la mano.

–Supongo que no. Pero es que tú no eres un hombre, así que deja de pedirme que te trate como si lo fueras.

–Quiero que me trates de igual a igual.

–¿Y te parece que no lo hago?

–Pues, no sé... me tratas de una manera... especial.

–Pero eso no significa que sea injusto, ¿no crees?

–¿Me has traído para hablar de diferencias de género o para soltarme tu discurso publicitario?

–Lo segundo –cruzó el vestíbulo admirando la opulencia de su propia casa y maravillándose una vez más de que fuera suya.

Había pasado muchas noches a la intemperie y muchas otras en camas ajenas como para no agradecer ahora todo lo que tenía. Y, sinceramente, no estaba seguro de que dormir en la calle fuera la peor opción.

Después del vestíbulo pasaron por un salón que le recordaba a los de las grandes residencias italianas, esas en las que nunca había podido entrar porque eran demasiado distinguidas para alguien como él. Por eso se había construido una en cuanto había podido permitírselo.

El despacho estaba decorado con muebles antiguos que costaban una fortuna solo por ser viejos, otra cosa que había comprado solo porque podía hacerlo. Igual que los bustos de mármol y los jarrones de porcelana, objetos que había adquirido porque antes ni siquiera se le había permitido mirarlos.

Ahora eran suyos. Podía comprar todo lo que se le antojara y, quizá porque el precio había sido muy alto, sentía que tenía el derecho a recordarlo de vez en cuando.

Julia se sentó en la butaca más grande de la habitación, se cruzó de piernas y golpeó el tacón de aguja contra el suelo.

–Suéltalo ya, Calvaresi.

–Quiero asociarme contigo y que presentemos una propuesta conjunta a Barrows. Podemos hacernos con el proyecto si trabajamos juntos y sé de buena tinta que no nos costará deshacernos de Hamlin si jugamos bien nuestras cartas.

–¿Qué?

–¿Qué es lo que quieres que te explique?

–Todo, pero empieza por Hamlin.

–Está atravesando un mal momento. Seguramente lo único que podría salvar Hamlin Tech sería un proyecto tan importante como el de Barrows. Si no trabajamos juntos, lo más probable es que lo consiga. Julia, lo importante no es tanto que tú o yo consigamos el proyecto sino que nos deshagamos de un importante rival.

–Es una maniobra ruin. ¿Por qué tantas molestias para deshacerse de Hamlin?

–¿Acaso tu objetivo no es tener más éxito que él,

robarle los clientes y hacerte con su cuota de mercado?

–Sí –reconoció ella.

–El mío también. Y también pretendo hacer lo mismo contigo, pero eso puedo dejarlo para otro momento para aprovechar esta oportunidad. Hamlin es un cretino y, si bien yo tampoco soy la mejor persona del mundo, al menos no tengo fábricas por toda Asia donde se explota a los trabajadores, ni acoso a mis empleadas.

–¿Intentas convencerme de que haces esto para salvar al mundo del malvado Hamlin?

–No –se cruzó de brazos–, pero es un aliciente más. La razón principal es que quiero ser el último en caer.

–¿Y por qué iba yo a ayudarte a alcanzar tu objetivo?

–Porque también estarás contribuyendo a conseguir el tuyo.

–¿Entonces luchamos juntos y, cuando hayamos terminado con el enemigo, nos atacamos el uno al otro? –le preguntó, enarcando sus cejas perfectas.

–Exacto. ¿Algún problema?

–No lo sé –descruzó las piernas, se inclinó hacia adelante y apoyó la barbilla sobre las manos.

Era una mujer interesante. Todo en ella, desde sus esbeltas piernas hasta su piel pálida o su cabello rubio, parecía bullir con una energía incontenible.

–Mientras estemos trabajando juntos, estaremos juntos.

La vio chuparse el labio inferior y sintió una extraña reacción en el estómago. Era preciosa. Era de esas mujeres que ni siquiera sospechaban que eran tan preciosas. Seguramente harían falta muchas palabras halagadoras y muchas caricias, no sexuales, para conseguir que se abriera y que pudiera disfrutar de estar con un hombre.

Se reprendió a sí mismo por el rumbo que habían tomado sus pensamientos. No era el mejor momento para entretenerse con esas cosas. Además, él ya no se dedicaba a analizar a las mujeres, ni a tratar de averiguar qué necesitaban y cómo dárselo.

Hacía años que no miraba de ese modo a una mujer y no entendía muy bien por qué lo hacía en aquel momento. No buscaba novia, ni amante, ni compañera, así que no tenía ningún sentido. Eso no significaba que no sintiera la atracción, pero era algo físico, nada más.

Quizá porque Julia Anderson le parecía un misterio. Había algo en ella que no encajaba. Su energía, por ejemplo. Se esforzaba todo el tiempo en contenerla, pero estaba claro que le costaba quedarse quieta un momento. Y luego estaba esa ropa negra con la que seguramente pretendía parecer segura de sí misma, pero que a él le transmitía justo lo contrario. Se protegía con una coraza demasiado obvia.

Pero por muy misteriosa que le pareciera, no iba a complicarse la vida con ella. No iba a volver a comportarse como le habían enseñado. Había escapado de ese papel, aunque se servía de él cuando le convenía.

–¿Eso quiere decir que no me apuñalarás por la espalda mientras estemos metidos en esta farsa?

–Yo no lo llamaría farsa, aunque vamos a necesitar un poco de... astucia.

–¿Qué quieres decir?

Ahí llegaba la parte que no le iba a gustar. Algo que habría sido fácil con cualquier otra mujer. Pero Julia no era fácil; ella no respondía a sus coqueteos, ni a unos encantos que en la mayoría de los casos eran infalibles.

Y eso la hacía muy interesante. Increíblemente interesante. Nadie se enfrentaba a él de ese modo. Nadie, ni siquiera Scott Hamlin, se atrevería a desafiarlo en público como lo hacía ella, lo que lo había obligado a hacer lo mismo. Lo había obligado a reaccionar. Resultaba muy interesante conocer a alguien con semejante poder.

Aunque ahora el control lo tenía él.

–Tendremos que hacer que parezca una... fusión.

–Pero no lo es –replicó ella de inmediato.

–Solo para este proyecto.

–Está bien –concedió–. Sigue.

–Pero tendremos que hacer que parezca creíble.

–¿Y cómo pretendes que lo hagamos?

En cierto modo, el hecho de saber que no le iba a hacer ninguna gracia lo hacía aún más perfecto. Cualquier cosa que inclinara el juego de poder hacia él era buena. Y cuanto más nerviosa se pusiera, más control tendría él.

–A todo el mundo le parecería lógico que una pareja llegara a la conclusión de que les convenía más trabajar juntos.

Empezaron a brillarle los ojos.

–¿Estás sugiriendo que... que finjamos que entre nosotros hay algo personal?

–Lo estás suavizando –dijo él, sonriendo–. Lo que

sugiero es que finjamos que estamos teniendo una aventura apasionada.

Julia se puso en pie de un salto y comenzó a caminar por la habitación.

–Es una locura. Yo jamás... Tú nunca... ¡Es una locura!

–¿Tan ofensiva te resulta la idea? –Ferro cruzó el despacho y ocupó la butaca en la que había estado sentada ella.

–Me resulta increíble. Después del numerito de hoy, ¿crees que alguien creerá que tú y yo...?

–La línea que separa el odio del deseo es muy fina, *cara mia*.

–Es posible, si no hay conexión alguna entre tu cerebro y otras partes más bajas de tu cuerpo.

–Le pasa a mucha gente.

Ella bajó la cabeza y luego la volvió a subir al tiempo que colocaba los brazos en jarras.

–Es una locura.

–¿Se te ocurre una idea mejor? ¿Qué motivos tendría Barrows para creerse que estamos trabajando juntos si de repente presentamos una propuesta conjunta?

–¡Que somos impresionantes! –exclamó, extendiendo los brazos.

–Eso no sirve para ganar negocios, Julia, y aquí es donde está la ventaja de ser como yo y no como tú.

–¿Te refieres a que soy joven, inteligente, creativa y...?

–Nueva, poco preparada y sin experiencia.

–¿Y qué me dices de ti, Ferro Calvaresi, licenciado en adversidades?

No, no era de las que se dejaba engatusar, pero cuando se sentía atacada, no podía resistirse a devolver el golpe.

–¿Adversidades? ¿Es que has leído mi biografía no autorizada?

Se sonrojó y el color tiñó la palidez de sus mejillas.

–No, solo es una expresión.

–La expresión exacta que aparece en la contraportada del libro que describe mi ascenso al éxito desde las calles más sórdidas de Roma. Una interesante lectura para aquel al que le gusten los cuentos de hadas.

Casi resultaba divertido que ella también hubiese caído en la trampa de enterarse de su oscuro pasado. Era cierto que tenía un oscuro pasado, eso era innegable, pero, por suerte para él, el libro solo contaba lo más superficial. Por supuesto que había rumores que se acercaban más a la verdad, pero nadie lo sabía con certeza.

–No sé de qué libro hablas.

–Creo que sí que lo sabes, pero no importa.

–Está bien –reconoció, seguramente mientras por dentro le dedicaba todo tipo de insultos–. Lo he leído, sí. Ya sabes eso de que hay que conocer bien al enemigo.

–Claro, yo también sé que tus padres te regalaron un disfraz de ejecutiva por Navidad. ¿También te regalaron la taza de la mejor jefa del mundo y un jardincito zen?

–Ve al grano, o me largo –le advirtió.

–A lo que voy es a que has conseguido el éxito muy joven y con facilidad –vio que se mordía el labio, ansiosa por responder–. Por eso nunca has tenido que hacer frente a los contratiempos de la vida real y de los negocios. No has tenido que buscar a la prensa porque fue ella la que te buscó a ti. No has tenido que convertir un escándalo en una ventaja, ni deformar las mentiras para que se acerquen tanto a la verdad que nadie se moleste en investigar. Yo sí he tenido que hacer todo eso. Sé perfectamente el tipo de persona que es Scott Hamlin y no voy a dudar en intentar deshacerme de él para siempre.

–Lo dices como si no conociera a esa clase de hombres –se defendió ella con frialdad–. Soy una mujer en un mundo de hombres. El negocio de la tecnología es prácticamente territorio vedado para una mujer. Llevo toda la vida tratando con hombres que quieren aprovecharse de mí y que piensan que pueden hacerlo solo porque soy mujer. Claro que conozco a los tipos como Hamlin. Y tienes razón, lo menos que se merece es el más absoluto fracaso profesional.

–Él no dudaría en hacernos lo mismo a nosotros. De hecho ya lo intentó. ¿No lo sabías?

–¿Qué?

–Pareces sorprendida.

–Lo estoy. A mí nunca ha intentado hacerme nada.

–¿Eso crees? Él es el mayor responsable de esa biografía no autorizada que ya conoces. Y también de la investigación que te hizo a ti el Departamento de Hacienda el año pasado.

–¿Cómo sabes tú eso?

–Empieza a resultarme aburrido, pero voy a volver a decírtelo. Gracias al espionaje industrial.

El color rojo de sus mejillas alcanzó un tono carmesí. Parecía que la había hecho enfadar de verdad.

–¿Quién tienes dentro de mi empresa?

–¿Quién dice que tengo a alguien?

–Ferro...

–Nunca confirmo, ni niego nada, así que quizá prefieras no perder el tiempo en intentarlo.

–Está bien. ¿Entonces crees que Hamlin intenta acabar con nosotros?

–Sí. Y probablemente lo habría conseguido si fueras más dada a los escándalos.

–No lo ha conseguido contigo, que sí que te ves envuelto en muchos escándalos.

Ferro se encogió de hombros.

–Porque sé cómo hacerlo. Lo que trato de decirte, Julia, es que tienes que hacer esto a mi manera. Sé que eres la niña prodigio de las nuevas tecnologías...

–Tengo veinticinco años, no soy tan joven.

Casi diez años menos que él y la diferencia era mucho mayor si trataba de experiencia vital. Julia aún no parecía cansada de todo, pero acabaría estándolo porque eso era lo que le ocurría a todo el mundo con el paso de los años. Especialmente a aquellos que estaban constantemente expuestos a la opinión pública.

Por suerte, él ya había llegado cansado y maltrecho. Ahora al menos tenía cama propia.

–Eres muy joven y, el hecho de que no seas consciente de ello, no hace sino confirmarlo. Yo cuento con la ventaja de la madurez.

–¿Tú? ¿Ferro Calvaresi se considera maduro? ¿Después de estropearme la presentación como si fueras un pirata informático adolescente?

Ferro le dedicó una sonrisa que practicaba a menuda y que siempre le daba resultado aunque nunca fuera sincera.

–Doy la imagen que quiero dar.

–¿Y crees que yo no?

–Creo que tu coraza es muy fina, *cara*.

Esperaba que tratara de negarlo airadamente, pero no lo hizo y eso le gustó.

–¿Dime entonces qué es lo que crees que tenemos que hacer?

–Tenemos que hacer creer al mundo que la hostilidad se ha convertido en atracción y que estamos locos de... quizá no de amor, pero sí de pasión.

–¿Y crees que funcionará?

Se había ruborizado. No recordaba haber visto nunca ruborizarse a ninguna mujer, ni a nadie, la verdad. Todos sus conocidos parecían haber nacido hastiados de la vida.

Él no. Ferro recordaba una época en la que había tenido esperanzas, había sido optimista y había sentido pasión.

Pero había aprendido que no se podía vivir sin mancharse las manos; había que meterse en el barro para sobrevivir, aunque luego uno no pudiese volver a despojarse de esa suciedad. Aunque se volviese viejo y frío prematuramente.

–Estoy seguro de ello.

–¿Por qué?

–Porque la prensa y el público son muy predecibles. En cuanto aparezcamos juntos en algún acto social, nos convertiremos en portada de todos los periódicos. Y, cuando hagamos la propuesta a Barrows, a nadie le extrañará.

–¿Y no piensas que Hamlin lo sospechará de antemano?

–No, porque él jamás se asociaría con una mujer y dará por hecho que yo tampoco lo haría.

La vio morderse el labio inferior, otro gesto que delataba esa inseguridad que tanto se esforzaba por disimular. Si hubiese estado intentando seducirla, en ese momento le habría tocado la cara para asegurarle que todo iba a salir bien.

Pero lo que hizo fue apretar los dientes y presionarla.

–¿Y bien? Has sido tú la que me has dicho que tenías poco tiempo, Julia. Yo tengo muchos compromisos y no puedo estar aquí esperando que tomes una decisión que debería ser muy fácil.

Entonces ella estiró la mano y Ferro se la estrechó. Era tan delicada y al mismo tiempo tan firme. Eso le sorprendió. Pero claro, era una mujer de negocios.

–Trato hecho, Calvaresi.

–Me alegra oír eso, Anderson.

–Vamos a trabajar juntos, pero no quiero ningún contacto físico innecesario, nada de ideas extravagantes, ni más espionaje industrial.

El espionaje era constante y seguramente ella también tenía alguien infiltrado en su empresa, pero aquel acuerdo lo cambiaba todo. Quizá solo tuviera que dejar de consultar la información que le pasaban durante el tiempo que durara su asociación.

–Supongo que podré cumplir todas las condiciones.

–Cuando esto acabe, volveremos cada uno a nuestro puesto. Y si entonces tengo la más mínima oportunidad de vencerte, lo haré sin titubear.

–Lo mismo digo –respondió él al tiempo que le soltaba la mano sin prestar atención a la extraña sensación que le quemaba la piel.

–Pero hasta entonces, tendremos que jugar limpio.

Ferro sonrió y vio cómo Julia volvía a ruborizarse.

–Eso no puedo prometértelo. No soy tan bueno.

Capítulo 3

TIENES algo que hacer estar noche?

Julia frunció el ceño al oír quién la llamaba a su teléfono personal.

–¿Cómo has conseguido este número? ¿Mandaste a alguno de tus espías para que se colara en mi despacho?

–No, qué pérdida de energía. Solo tuve que llamar y pedírselo a tu ayudante.

Julia lanzó una mirada de odio a Thad a través de la pared.

–¿Cómo es posible que te lo diera?

–Supuso que si quería localizarte, es porque era algo importante. Es lógico que necesite hablar contigo a cualquier hora, puesto que soy tu amante...

El modo en que pronunció la palabra hizo que Julia sintiese un escalofrío. Odiaba que tuviese razón y odiaba haber accedido a formar parte de aquel plan, pero la verdad era que quería la cuenta de Barrows y, si para conseguirla tenía que vender su alma al diablo, estaba dispuesta a hacerlo.

No encantada, pero sí dispuesta. Una vez que la cuenta fuera suya, Ferro dejaría de ser un problema porque solo tendrían que trabajar juntos en la etapa de diseño del sistema de navegación, nada más. Podría soportarlo. Sobreviviría a él. Al menos ahora sabía que podía controlar la situación. No era como encontrarse enfundada en el horrible vestido de gala para el baile de graduación y tener que ir con un chico al que habían pagado para acompañarla. No, ahora parte del poder estaba en sus manos.

–Está bien. ¿Para qué querías saber si tenía algo que hacer esta noche?

–Me preguntaba si querrías venir conmigo a la premier de una película.

–¿Una premier? ¿De qué película?

–*Cold Planet*.

Por un momento, Julia se olvidó de dar una imagen de frialdad e indiferencia. Olvidó con quién estaba hablando.

–¿En serio? ¡Esa peli tiene una pinta estupenda!

–¿Tú crees?

–¡Es como si hubieran hecho realidad todos los sueños de ciencia-ficción que tenía cuando era pequeña! –ya no podía ocultar su entusiasmo. Por mucho que sus asesores la entrenasen para saber cómo comportarse en público, seguía haciendo ese tipo de cosas de vez en cuando.

La gente normal no se ponía así por una película. Los raros como ella, sí, y era algo que incomodaba a los demás. Eso era lo que le había dicho su madre una y otra vez desde que a los cinco años había empezado a decir que algún día le pondría a un coche el cuadro de navegación de una nave espacial que había visto en una película futurista.

Siempre había hecho sentir vergüenza a sus padres porque no dejaba de hablar de temas raros, ni disimulaba su entusiasmo. El objetivo de su madre había sido convertirla en alguien normal; hasta tal punto lo había deseado que había pagado a un chico para que la acompañara al baile de graduación a los dieciséis años.

Aquello había sido el final. Esa noche había dejado de intentar ser normal, pero había aprendido algo más importante. Ser normal no estaba exento de peligros, pero el ser tal como era y mostrarse vulnerable era un gran error.

Esa espantosa noche la había hecho más fuerte. Después de quitarse aquel ridículo vestido rosa que había tardado horas en elegir, se había puesto una coraza de la que no había vuelto a despojarse. Algo en lo que Ferro tenía razón. No le gustaba nada que Ferro tuviese razón.

Aun así, incluso con la coraza puesta, había ciertas cosas que tenía que limar para que no se le notara demasiado lo rara que era. Ahora tenía una imagen mucho más aceptable socialmente y eso la ayudaba a aparecer en los medios con más seguridad.

Algo que no había sentido demasiado en la infancia y la adolescencia.

«Zorra estúpida, solo estaba haciéndote un favor. Ningún otro tío querría tocarte siquiera».

Borró el recuerdo de su mente. Ya no importaba. Aquellas palabras, el roce de sus manos, todo eso ya no importaba. Lo había superado. Había seguido adelante. Había bajado la cabeza y había trabajado duramente, sin volver a preocuparse de lo que pensaran los demás.

Por eso había alcanzado el éxito. Con todo el dinero que había ganado, había contratado todo tipo de asesores que habían conseguido que pareciera la protagonista de un videojuego y la habían enseñado a hablar con aplomo y seguridad.

Ya no era vulnerable. Podía entusiasmarse por una película o un videojuego, pero no podía dejar que se le notara.

–Pues resulta que el programa con el que están hechos los efectos especiales es mío –alardeó Ferro–. Y por eso me han invitado al estreno mundial.

Julia cerró la puerta al pasado y se centró en el presente.

–Lo sé y me dio mucha envidia cuando me enteré.

–Tú no tienes la tecnología necesaria para algo así.

–No, yo hago tecnología para la gente corriente –replicó–. Bueno, ¿de verdad puedo ir? –se encadenaría a Ferro si hacía falta. Era demasiado emocionante como para perdérselo. Habría ido aunque no fuesen a trabajar juntos en el proyecto de Barrows.

–Sí. Hay que ir de etiqueta. Aunque es una película de ciencia-ficción, así que si quieres ponerte un biquini dorado y un collar de esclava, supongo que también estará permitido.

–Muy gracioso, Calvaresi, pero te recuerdo que eso es *Star Wars*. *Cold Planet* tiene una mitología completamente distinta; está basada en un videojuego de disparos en primera persona y... –cerró la boca de golpe. Lo estaba haciendo otra vez–. Yo no voy a actos públicos disfrazada.

–Ya me contarás más cosas sobre mitología esta noche.

Estaba segura de que se burlaba de ella y seguramente se lo tenía bien merecido. Estaba acostumbrada a soltar un discurso previamente escrito delante de una multitud, pero cualquier acto social de otra índole le resultaba incómodo.

–Claro. ¿A qué hora?

–Te paso a buscar a las cinco. Tendremos que recorrer la alfombra roja antes de ver la película.

–¡Vaya! –eso era mucha interacción social–. De acuerdo.

–Pareces entusiasmada.

–Por la película, sí.

–Estupendo. Te veo a las cinco.

Apenas colgó, apretó el botón del intercomunicador.

–Thad –le dijo a su ayudante–. Necesito un vestido de gala que sea sexy. También tengo que arreglarme el pelo y estar lista antes de las cinco menos diez.

Lo oyó resoplar. Sabía que le estaba pidiendo algo casi imposible, pero también sabía que si había alguien capaz de hacerlo, era él.

–Eso está hecho.

–Gracias. Eres genial. Te dejo.

Apoyó la cabeza en la mesa y respiró hondo antes de volver a ponerse recta. Todo iba a salir bien. No iba a pensar que no estaba preparada para aparecer en una premier de Hollywood del brazo de un hombre como Ferro. Ni tampoco pensaría en que era muy probable que se derramara el cóctel de marisco sobre el vestido.

No. Se iba a relajar y a dejar que los profesionales a los que había contratado hiciesen su trabajo. Quizá saliera mal, pero al menos sabía que tendría buen aspecto. Parecería fuerte.

El dinero no daba la felicidad, no, pero sí que servía para conseguir una imagen con la que poder enfrentarse a los demás.

Iba a ser la acompañante de Ferro, pero no era una verdadera cita. Gracias a Dios porque la última vez que había tenido una cita había sido un completo desastre. Y eso que aquella vez el tipo no era alguien tan sexy y sexual como Ferro Calvaresi.

Ella no estaba demasiado familiarizada con el sexo, pero Ferro sí. Se ruborizaba solo de pensar en ciertos extractos de su biografía no autorizada. Sí, la había leído, y desde entonces le costaba mirarlo a los ojos.

No era solo que fuera sexy; era de esos hombres que hacían perder la cabeza a las mujeres. Hombres que conseguían que las damas más respetadas se olvidaran de las normas sociales y aparecieran con él en un acto público. En su país de origen, Ferro había sido amante de unas cuantas mujeres de renombre, lo que había provocado no pocos titulares escandalosos y no menos divorcios.

Eso suponiendo, por supuesto, que la biografía en cuestión relatara la verdad, lo cual era mucho suponer. Y, como él mismo había dicho, Ferro nunca negaba ni confirmaba nada.

Respiró hondo de nuevo para recabar fuerzas. Podía hacerlo. Esa noche iba a convertirse en un rumor más que añadir a la larga lista sobre Ferro. Y sería ella la que no confirmaría ni negaría nada.

Cuando su limusina se detuvo frente al rascacielos de la empresa de Julia, se quedó impresionado con su aspecto. Estaba realmente cautivadora con ese largo vestido negro... parecía que no tenía ropa de otro color. Tenía las mangas largas y anchas como las de un kimono y el cuello alto, por lo que apenas dejaba ver su pálida piel.

Llevaba el cabello rubio recogido en un moño bajo y la cara maquillada en tonos rosas y dorados. No pudo evitar preguntarse qué aspecto tendría con las mejillas sonrojadas por la excitación. Era extraño porque ya nunca sentía curiosidad ni fascinación por ese tipo de cosas. El sexo ya no tenía el menor misterio para él.

En cuanto entró en el coche, los dos se pusieron a terminar asuntos pendientes con sus respectivos teléfonos móviles y, cuando llegaron frente al Teatro Chino de Grauman, la calle estaba ya abarrotada de gente. Se bajaron al final de la alfombra roja. Aquellas cosas eran lo que más detestaba de ser famoso. Lo que más le gustaba era lo de ser rico. Prefería cualquier otro pasatiempo para un viernes por la noche que tener que esbozar sonrisas falsas ante gente aún más falsa.

Julia se esforzaba tremendamente por parecer aburrida. Tenía el cuerpo rígido, pero por dentro vibraba de emoción, aunque nadie que la viera de lejos se daría cuenta. Él, sin embargo, notaba que estaba temblando.

Por el modo en que presentaba cada uno de sus productos se podía decir que le gustaban los espectáculos, pero en dichos actos lo tenía todo bajo control. Quizá por eso estaba tan inquieta en esos momentos. No era su equipo de seguridad el que contenía a los admiradores, ni los periodistas iban a respetar las normas que ella hubiera impuesto previamente.

Ferro le dio la mano y la apretó contra sí.

–Relájate –le dijo–. Hoy no somos los protagonistas, nadie va a abordarnos.

–He visto fotos de ti tomando algo en una cafetería; a ti te abordan en todas partes.

–Sí, pero no cuando hay actores famosos cerca. De todas maneras, si nos abordan, habremos cumplido con nuestro cometido –le recordó antes de echar a andar y poner la mejor de sus sonrisas.

Los dos saludaron con la mano a la multitud que se agolpaba al otro lado de las vallas. Ferro siempre pensaba que tenía más en común con toda aquella gente.

Julia se adelantó apenas unos pasos y fue entonces cuando Ferro se fijó en la parte de atrás del vestido o, más bien, en que no tenía parte de atrás, sino una enorme abertura que llegaba hasta el final de su espalda, justo antes de la curva del trasero.

Seguramente fue la sorpresa lo que hizo que sintiera ganas de tocarla. Tenía demasiada experiencia como para excitarse solo con ver un poco de piel o simplemente para excitarse, a menos que fuera muy tarde y necesitara algo que lo ayudara a conciliar el sueño. Pero el caso fue que se excitó y eso le resultó casi tan fascinante como su piel.

–Más despacio –le susurró al tiempo que volvía a acercársela.

–Perdona –respondió ella con una sonrisa forzada–. Estoy nerviosa.

–No lo estés. Acuérdate que ahora mismo toda esa

gente te envidia. Eres guapa y famosa. Cualquiera de ellos estaría encantado de ser tú –aquellas palabras salieron de su boca sin ningún esfuerzo y sin que tuviera que pensarlo. Se le daba bien hacer cumplidos y darles a las mujeres lo que necesitaban en cada momento.

Y todo ello manteniendo la cabeza en otra parte, incluso mientras entregaba su cuerpo. Con una absoluta desconexión.

La sonrisa de Julia cambió ligeramente, se volvió más sincera.

–Gracias por decir eso.

–Es verdad –respondió sin pararse a pensar si realmente lo era.

–¡Ferro! ¡Julia!

Ella se volvió bruscamente al oír su nombre, pero se fijó en que Ferro lo hacía con mucha más calma, escondiendo mejor sus emociones. A ella le estaba costando. Nunca había estado en la premier de una película y aquello era el sueño de cualquier fan.

En otro tiempo, habría acudido a un estreno como aquel como una admiradora más, probablemente disfrazada con un uniforme del espacio.

Al sentir el fogonazo de los *flashes*, sonrió y rezó por que no tuviera ningún resto de comida entre los dientes, ni se le hubiera quedado pegada la pestaña postiza en el pómulo o cualquier otra fatalidad. Ferro, sin embargo, estaba impecable con su traje negro y parecía absolutamente tranquilo. Seguramente cuando llegaba a casa no se ponía ropa de deporte enorme, sino un batín de seda negro y nada más.

La imagen le cortó la respiración.

–¿Estáis saliendo juntos? –les gritó uno de los periodistas.

–Si tienes que preguntarlo, es que estoy haciendo algo mal –respondió Ferro con soltura.

–¿Algo que decir, Julia?

–Que más vale que sea así. No quiero tener que pagar la cena –las risas que provocó su comentario hicieron que se sintiera un poco mejor.

Se alegraba de haber podido decir algo ingenioso en semejantes circunstancias, especialmente porque ya tenía bastante teniendo que controlar el calor que la había invadido desde que Ferro la había agarrado de la mano, un calor que le recorría todo el cuerpo y hacía que sintiera un extraño cosquilleo en los pezones.

Por fin entraron al majestuoso edificio y los condujeron a sus butacas. Ferro la soltó en cuanto estuvieron a oscuras. Ella no podía dejar de mirar a todos los famosos que tenía a su alrededor.

–Julia, es de mala educación quedarse mirando así a alguien.

–Perdona, olvidaba que tenemos que parecer indiferentes –le respondió, acompañando sus palabras con una mirada letal, pero lo cierto era que no debería haberlo olvidado.

–Llegará el momento en que no tendrás que recordarlo siquiera.

–¿Tú crees?

–Lo sé. Tienes suerte de que la vida aún no te haya quitado la capacidad de emocionarte.

–No tienes ni idea de lo que me ha quitado o no la vida –volvió a pensar en la noche del baile. ¿Por qué se estaba acordando tanto de eso? Nunca pensaba en ello.

Las heridas acababan cerrándose y las que no lo hacían servían para recordarle que debía ser fuerte. Cuando por fin había dejado de intentar encajar, había dejado de darle miedo ser diferente. Y esa había sido la clave de su éxito.

Eso no significaba que fuera a darle las gracias al canalla que la había agredido, pero tampoco a regodearse en el dolor.

–Me atrevo a decir que tú sabes menos de mi vida de lo que crees –las palabras de Ferro fueron aún más oscuras que la sala del teatro.

–He leído tu biografía –respondió.

Él se echó a reír sin un ápice de sentido del humor.

–Solo porque esté impreso, no quiere decir que sea cierto.

¿El fin del mundo de la tecnología tal y como lo conocemos?

Julia leyó el titular del periódico que acababa de aparecer en la pantalla de su ordenador. Ferro estaba sentado frente a ella como si tuviese todo el derecho del mundo a estar en su despacho.

–No es precisamente el titular que esperábamos –dijo él.

–¿Tú crees? –respondió mientras leía por encima el artículo que acompañaba el titular–. «No sabemos si es un golpe al progreso o una pobre maniobra publicitaria» –leyó en voz alta.

–Porque, si nos acostamos, dejaremos de competir el uno con el otro y entonces dejaremos de innovar.

–Se me están pasando muchas cosas por la cabeza y ninguna buena –admitió al tiempo que se ponía en pie y comenzaba a andar de un lado a otro del despacho–. ¿Qué vamos a hacer? Ha salido en todas partes. Ya hay hasta una página de Facebook con el perfil... ¿Cómo nos llaman? –volvió a mirar el artículo–. JulErro. Por el amor de Darth. Esto es mucho más de lo que esperábamos, ¿verdad?

A Ferro le habría gustado decir que había previsto algo así, pero lo cierto era que las redes sociales eran muy difíciles de predecir. No tenían nada que ver con los medios de prensa convencionales. La noticia había sobrepasado su entorno profesional gracias a Internet.

–Sí –reconoció.

No le gustaba nada la sensación de claustrofobia que tenía. Se sentía atrapado en una trampa que él mismo había creado y no era la primera vez que iba demasiado lejos, no sabía cómo volver atrás y solo se le ocurría seguir adelante.

–Está bien. Vamos seguir con esto y lo vamos a convertir en todo un bombazo y, cuando rompamos, será toda una explosión mediática. Imagínate el morbo que tendrá cuando volvamos a estropearnos una presentación, pero siendo examantes. Es una hipótesis, no quiero que vuelvas a estropearme una presentación.

Desde luego era una mujer dura. Y brillante.

–Claro –dijo–. Tendremos que pasar mucho tiempo juntos porque nos van a estar observando. Habrá que darles algo de que hablar porque si no lo hacemos, si nos descubren...

–Nos meteremos en un buen lío –adivinó ella–. ¿Cuál es el plan, entonces?

–Esta noche hay una fiesta benéfica a la que no pensaba asistir, pero creo que estaría bien aparecer allí. Como pareja –la miró un instante–. Vamos, Julia, ahora no puedes acobardarte.

–¡No me estoy acobardando!

–¿Entonces por qué pareces un animalillo asustado?

–Porque hasta hace dos días eras mi peor enemigo y ahora vamos a hacer dos apariciones públicas tan seguidas... No sé.

–Quizá por eso este sea un mundo de hombres –dijo Ferro, aunque no creía ni una palabra de lo que estaba diciendo, pero sabía que serviría para hacer reaccionar a Julia–. Las mujeres os dejáis llevar demasiado por las emociones.

Sabía que no era cierto, puesto que había crecido y madurado a la fuerza rodeado por mujeres a las que no les importaba en absoluto el efecto que pudiera tener su comportamiento en un adolescente. Tanto los hombres como las mujeres podían actuar por puro egoísmo e interés.

–¿Estás diciendo que no soy capaz de hacerlo?

–Eso es lo que parece –respondió, satisfecho de haber conseguido su propósito–. Yo estoy dispuesto a intentarlo, ¿y tú?

Ella lo miró fijamente.

–Está bien. Esta noche tenemos una cita. Una cosa más... ¿de qué es el acto benéfico?

–Para recaudar dinero para jóvenes sin hogar.

–Estupendo. Llevaré la chequera.

Capítulo 4

HABÍA pocas cosas que Ferro detestara más que los actos benéficos. Un lugar lujoso, lleno de gente horrible que se creía importante y que se pasaba el día aprovechándose de los menos afortunados, pero luego aparecía en fiestas como aquella para dar una imagen altruista ante los medios.

Recordaba perfectamente la primera vez que había estado en una sala como aquella. Asqueado de con quién estaba y de lo que tenía que hacer porque le habían pagado para hacerlo, quisiera o no. No. La prensa sensacionalista y el autor de esa maldita biografía no tenía la menor idea de lo que había sido su vida.

Entonces miró a Julia y la vio tan tensa que no pudo evitar preguntarse si no había acabado convertido en una de esas personas que tanto criticaba y odiaba.

No. Aquello también beneficiaba a Julia. Era un intercambio.

¿Como el sexo a cambio de dinero?

Dios, no. No era lo mismo.

¿Por qué pensaba en aquello? Normalmente no lo hacía, pero no podía parar de pensar en esas cosas desde que había firmado aquella extraña alianza con Julia. Nadie sabía la verdad, aunque muchos creían que había llegado a la cima acostándose con mujeres poderosas. Pero nadie sabía la verdad.

Detestaba aquellos rumores, por lo que se acercaban a la verdad, pero no habría dudado en volver a pasar por todo ello para llegar hasta donde estaba. Ahora solo se molestaba en demostrar que tenía derecho a estar donde estaba.

Solo los débiles se lamentaban. No iba a perder el tiempo pensando en el pasado. Como no pensaba nunca en el frío y el hambre que había pasado en la calle siendo niño, ni en cómo había vendido su alma a cambio de comida y de una cama caliente. Y, más tarde, a cambio del éxito.

Esa noche iba a olvidarse de la poca conciencia que le quedaba porque era lo que debía hacer y el fin siempre justificaba los medios. Y porque ya no era el muchacho que había sido, ahora era un hombre poderoso.

–Intenta relajarte –le susurró a Julia mientras todos los seguían con la mirada.

–Estoy relajada.

–Eso significa que ni siquiera sabes estar relajada. Estás casi temblando.

–Es que tengo mucha energía –reconoció, mirándose las manos.

–¿Sí? Entonces será mejor que la aprovechemos de otra forma –la agarró de la mano y la arrastró hasta la pista de baile, pero al volver a mirarla, vio que ahora, además, parecía preocupada–. Vamos, no voy a morderte.

–Lo sé, pero voy a hacer el ridículo.

–Déjate llevar.

Sintió sus uñas en el hombro. No era la primera vez, pero aquello era distinto. Comenzaron a moverse al ritmo de la música.

–Perdona –se disculpó Julia la primera vez que le pisó, mirándolo con las mejillas sonrojadas–. Esto no se me da bien y la gente nos mira.

–Porque ahora somos infames, además de famosos.

–Tú ya lo eras –respondió ella.

Ferro sonrió.

–Bienvenida al lado oscuro.

–No sé si me gusta estar aquí.

–Vamos, ¿es que siempre habías tenido la conciencia limpia hasta que te asociaste conmigo?

–Por supuesto –aseguró, bajando la mirada.

–¿Hago que te sientas sucia, Julia?

Ella lo miró con los ojos abiertos de par en par y las mejillas enrojecidas. ¿Por qué la había alterado deliberadamente? ¿Acaso necesitaba demostrar que seguía teniendo la situación bajo control? Era posible porque lo cierto era que le costaba sentirse seguro con ella entre los brazos, notando la suavidad de su piel bajo las manos.

No era más que un juego. Como los demás juegos sexuales en los que había participado. Solo tenía que interpretar su papel sin pararse a pensar lo que cualquiera de los dos quisiera. Solo importaba lo que viera la prensa.

–La verdad es que todo lo que tiene que ver contigo hace que sienta que me estoy ensuciando las manos –confesó finalmente.

–Te preguntaría qué se siente cuando se vende el alma a cambio de dinero, pero lo sé perfectamente.

Julia abrió los ojos de par en par y lo miró con asombro. Era tan... dulce. Se preguntó si su boca sabría igual de dulce y entonces se dio cuenta de que no tenía por qué preguntárselo. Le puso una mano en la mejilla, se acercó a ella y sintió su tensión.

–Vamos a la terraza –le susurró–. Allí estaremos más tranquilos.

La sacó de allí, agarrada de la cintura, y la llevó hasta una terraza con vistas al mar.

–¿Qué estás haciendo? –estalló ella en cuanto estuvieron solos.

–Librarte de la vergüenza de tener que bailar y darle al público lo que quiere –miró a través de la puerta y vio que una mujer había seguido sus movimientos con demasiada atención como para tratarse de una invitada más–. Ya tenemos a alguien haciéndonos fotos con un OnePhone.

–Diez puntos para mí.

Dio un paso hacia ella.

–Bésame –le ordenó después de que diera un paso atrás y se encontrara contra la pared.

–¿Qué?

–¿Para qué crees que te he traído hasta aquí? Porque no podía contenerme ahí dentro y necesitaba dar rienda suelta al deseo que siento por ti.

–¿Qué?

–Sí, Julia. Lo único que haría que dos rivales acabaran siendo amantes es esa clase de pasión que no respeta las normas, un deseo que va contra toda lógica.

Julia tenía la garganta seca. Ningún hombre la había mirado jamás con la intensidad con la que Ferro la miraba en esos momentos.

Michael, su acompañante en el baile de graduación, la había mirado con violencia y desprecio, incluso mientras la besaba. No lo había hecho por deseo, sino por la necesidad enfermiza de dominarla. Había intentado violarla, pero no porque sintiera atracción sexual hacia ella. Había sido violento, ofensivo y aterrador.

Pero Ferro era todo ardor, interés y deseo. Sabía que era todo parte del juego, que Ferro era capaz de encender y apagar sus encantos como si tuviera un botón. Según el libro, las mujeres lo arriesgaban todo con tal de acostarse con él. Y casi lo comprendía.

–Bésame, Julia –insistió mientras le pasaba la mano por la mandíbula.

–¿Y si no quiero hacerlo? Ni siquiera me caes bien.

–No es necesario que te caiga bien alguien para sentir atracción.

–Para mí sí lo es.

–Piensa en las veces que te he estropeado los planes y que he vendido más que tú. Ahora quiero que canalices toda esa rabia en un beso. ¿Entiendes?

Estaba temblando y tenía el corazón a punto de escapársele del pecho.

Entonces él se acercó un poco más y le susurró al oído:

–Piensa en lo furiosa que te pongo y bésame como si estuvieras castigándome –bajó el dedo hasta sus labios y los recorrió lentamente.

Aquellas palabras le hicieron olvidar que había besos que dolían, que resultaba ridículo que una mujer de su edad tuviese tan poca experiencia. Se olvidó de todo excepto del deseo de hacer lo que él le pedía.

Consiguió incluso que creyera que la idea era suya. ¿Cómo había hecho para que quisiera besarlo?

Toda aquella farsa dependía de que la gente creyera que su odio se había convertido en deseo y en aquel momento a Julia le pareció algo muy real.

Le puso la mano en la nuca, casi temblando, y se dio cuenta de que no importaba que recordase cómo se hacía porque aquel beso no tenía nada que ver con ningún otro que hubiera dado antes.

Pensó en todas las veces que lo había visto alardear de sus éxitos y eso, unido al roce de sus labios, encendió un fuego tan intenso dentro de su cuerpo que sintió miedo de que la consumiera por completo.

Él apoyó una mano en la pared y con el otro brazo, la apretó contra su cuerpo fuerte y tonificado.

Al sentir el roce de su lengua, Julia pensó que eso no podría verlo ningún fotógrafo, pero no le importó. También ella le metió la lengua en la boca y luego le mordió el labio. Para castigarlo, tal y como él le había pedido.

Siguió besándolo hasta que no pudo pensar más y se olvidó de la furia, la rabia y la farsa en la que estaban metidos. Todo se vio invadido por la pasión y la desesperación.

Sintió la irresistible necesidad de pasear las manos por su pecho, de comprobar lo que se sentía al tocar un cuerpo tan perfecto.

Pero no lo hizo, sobre todo porque tenía miedo a perder el equilibrio si se movía.

Cuando Ferro apartó la cara, Julia se sentía como si acabara de correr un maratón y se sentía incapaz de hablar.

–Creo que con eso será suficiente para mitigar cualquier duda sobre nuestra relación.

–Ah –fue todo lo que pudo decir.

–Además, nos da la excusa perfecta para largarnos. Todo el mundo dará por hecho que tenemos algo mejor que hacer.

–Ya.

–¿Todo bien?

–Sí, pero es que... acabamos de llegar.

–Mañana hay que trabajar. Pero claro, a ti nunca se te acaba la energía.

Sin embargo, en ese momento estaba agotada. No comprendía por qué había respondido a él como lo había hecho. Besaba muy bien, sí, pero se suponía que ella era una persona inteligente y debería haber recordado la antipatía que sentía hacia él. Pero no había sido así. Su furia solo había servido para avivar aún más su pasión.

Lo cual resultaba irónico teniendo en cuenta su experiencia con el sexo. Pero aquello había sido completamente distinto.

Aun así, resultaba extraño que le hubiese gustado tanto. Al fin y al cabo, era una mujer y no era inmune al atractivo de un hombre sexy. Un hombre que, por un momento, había conseguido que no se sintiese nerviosa ante la idea de dejarse seducir. Pero había sido solo un momento porque ahora los nervios volvían a apoderarse de ella.

–Es verdad. No me preocupa acostarme tarde.

–A mí tampoco, solo es una excusa. Es que no me gustan estos actos.

–¿Por qué?

En sus ojos apareció una expresión fría y tensa.

–Me traen malos recuerdos. No me gusta pensar en el pasado.

Era la primera vez que lo veía vacilar, perder mínimamente el control de sus gestos.

–A mí tampoco. Imagínate cómo lo pasé en el instituto con mi aparato dental, mis gafas de culo de botella y la cara llena de granos.

–No debió de ser fácil –dijo sin sentimiento alguno–. Pero tenemos que irnos.

No tenía ni idea de lo que era que su madre hubiese pagado a un tipo para que la llevara al baile, un sinvergüenza que había intentado violarla y, cuando ella se había resistido, la había golpeado.

No sabía lo que era, ni necesitaba saberlo. Ya no importaba. Ahora sabía que ser «normal» no era tan maravilloso. Porque todo el mundo había pensado que era normal que Michael intentara violarla y esa misma gente creía que era ella la que tenía un problema.

Desde entonces no tenía demasiada fe en la gente.

Salieron de allí a toda prisa, seguidos por las miradas del resto de invitados. Era interesante pasearse del brazo de Ferro Calvaresi, sobre todo para alguien con una experiencia tan limitada en el mundo de las citas. Desde que se había convertido en millonaria no le habían faltado oportunidades para salir con hombres. Todos ellos guapos, tontos, perezosos y completamente desconocedores de la trilogía de *El señor de los anillos*. En definitiva, totalmente inadecuados para ella.

Además, ni siquiera habían mostrado interés por ella por su cuerpo, solo por su dinero, lo cual no era muy excitante.

Tampoco debería haberlo sido un beso falso como el de Ferro y, sin embargo, lo había sido y mucho.

Al salir los esperaba ya la limusina de Ferro.

–Veo que no es la primera vez que sales apresuradamente de una fiesta –comentó Julia. Estaría más que acostumbrado a escaparse con cualquier mujer. Sin embargo, era curioso que, teniendo esa fama de mujeriego, no se publicaran demasiadas fotos de él con mujeres.

–Vamos, *cara*, no te pongas celosa. Las otras mujeres nunca han significado nada –respondió él.

No era sincero, ni se molestaba siquiera en parecerlo, pero parecía que al cuerpo y al corazón de Julia no les importaba.

–Casi da miedo la poca vergüenza que tienes –le dijo, cruzándose de brazos para no tener la tentación de tocarlo.

–¿Qué?

–Esas sonrisas, esas frases seductoras. Se te da tan bien, Ferro, que es fácil olvidarse de que todo esto es una farsa y que en realidad solo eres un hombre sin alma.

–Me tienes calado –replicó, sin dejar de sonreír y mirándola como si no hubiera otra mujer en el mundo más que ella–. Te aconsejo que no olvides lo que acabas de decir porque quizá necesites recordarlo en el futuro. Efectivamente, tengo muy poca conciencia.

–No te preocupes, Ferro, no lo olvidaré. No tengo por costumbre fiarme de los hombres. En realidad no me fío de nadie, así que no voy a fiarme tampoco de ti.

Pero bajo la atenta mirada de sus ojos y con su sabor aún en los labios, tuvo la impresión de que, si no tenía cuidado, podría caer en la tentación de olvidarlo y dejarse llevar por la fantasía de aquel hombre.

Porque esa fantasía era más atrayente que ninguna realidad que ella hubiese experimentado, al menos en lo que a besos y deseo se refería.

Así pues, debía tener en mente en todo momento que era todo mentira y que, cuando hubiese acabado aquella farsa, Ferro Calvaresi seguiría siendo su mayor enemigo.

Y eso era mucho más importante que cualquier beso, por muy ardiente que fuera.

Capítulo 5

JULIA maldijo libremente nada más cerrarse las puertas del ascensor. Aún no había empezado a trabajar cuando la había llamado Ferro para pedirle que fuera a verlo a su oficina. No podía ir él a la suya y no había más que hablar.

Ni siquiera había tenido la decencia de darle algún detalle de los motivos. Como era lógico, aunque solo fuera por curiosidad, Julia había decidido ir.

La decoración de la empresa de Ferro era tan lujosa y exagerada como la de su casa. Ella, por el contrario, se había inspirado en un estilo zen para decorar las oficinas de Anfalas. Y, sí, había incluido jardines de arena en miniatura en las mesas de sus empleados. Pretendía crear un ambiente de trabajo relajante.

Le sorprendió descubrir que Ferro no tenía una secretaria joven y guapa como esperaba, sino un hombre de mediana edad y aspecto completamente corriente.

–Hola. Vengo a ver a Ferro, me está esperando.

–Señorita Anderson.

–Así es. Julia Anderson, de Anfalas.

–Lo sé –dijo mientras tecleaba algo en el ordenador.

–No tengo cita, así que no me va a encontrar ahí.

–No, estoy escribiendo un correo electrónico, es solo un momento.

Julia resopló, airada.

–Entro directamente.

–La puerta está cerrada.

En lugar de responderle, Julia echó a andar hasta llegar a una enorme puerta doble de madera maciza tallada.

–¿Qué se cree que es esto, la Capilla Sixtina? –murmuró justo antes de comprobar que, efectivamente, estaba cerrada.

Llamó con todas sus fuerzas.

–¿Sí?

–Soy la mujer de tus sueños, Calvaresi, abre.

–Veo que Jerry no ha sido muy amable contigo –dedujo Ferro después de abrirle la puerta–. Supongo que no ha visto las noticias esta mañana, o quizá piensa que vienes a sonsacarme secretos a besos.

–¿Yo?

–Desde luego pareces una mujer fatal, toda vestida de negro.

Julia se miró, vestida con pantalones pitillo y suéter ajustado.

–Siempre preparada para el espionaje industrial. ¿Puedo pasar ya?

Por fin se echó a un lado y Julia pudo entrar a su despacho, donde había tanta opulencia como en el resto del edificio. Era todo mármol, madera labrada y obras de arte.

Nadie podría tacharlo jamás de minimalista.

–¿Has visto las noticias?

–No, he estado ocupada –en realidad le había dado

miedo después de lo que había ocurrido después de su primera aparición pública y lo cierto era que no quería ver las fotos de los dos besándose.

–Permíteme que te las enseñe –esbozó una sonrisa mientras agarraba una tableta y le mostró los titulares y las imágenes que aparecían en todos los medios, tanto los relacionados con el mundo de la tecnología como los que no lo estaban.

Julia sintió que le ardía la cara mientras veía las fotos. Allí estaba ella, contra la pared, con los brazos alrededor del cuello de Ferro y la boca pegada a la de él. Debía a admitir que hacían buena pareja. Lo cierto era que no se veía nada mal con él; no parecía fuera de lugar.

–¡Vaya! –exclamó después de unos minutos.

–Pues eso no es lo mejor –anunció él–. Los comentarios de los foros de tecnología no son tan negativos como ayer. Hay rumores de que va a haber una importante fusión y la gente ya ha empezado a especular sobre cómo será la empresa que nazca de la unión de Anfalas y Datasphere.

–Pero no va a haber tal cosa.

–Piensa en la expectación que habrá cuando consigamos el proyecto de Barrows. Es mejor de lo que habíamos imaginado.

Ella no sentía que fuera tan bueno, lo que sentía era... mareo.

–Sabes muy bien cómo propagar un rumor, ¿verdad?

–No soy el único. Lo que ocurre es que en esta época de las redes sociales, cualquier noticia, aunque sea mentira, se extiende como la pólvora. Da igual que sea una simple hipótesis, la gente la recibe como si fuera el evangelio. Y una vez que circula por Internet, es imposible controlarlo. Lo único que se puede hacer es intentar sacar provecho de la situación.

–Y eres un verdadero maestro en hacerlo, ¿no?

Pensó en lo que había leído sobre él y se preguntó si tendría algo de cierto. En realidad parecía una historia demasiado fantástica. Un muchacho pobre que vivía en las calles de Roma empezaba a establecer contactos con gente importante, saliendo con mujeres ricas, manipulándolas y sacándoles dinero. Un dinero que ahorraba e invertía hasta poder crear su propia empresa. Así se había convertido en uno de los hombres más ricos y poderosos del mundo.

Desde luego era demasiado increíble para ser cierto. Sin embargo, Ferro nunca había negado aquellos rumores; no había dicho una palabra al respecto, ni parecía afectarle nada de lo que se decía de él. Se limitaba a esbozar una de esas sonrisas suyas y se la mostraba a cualquier periodista que le preguntase.

El caso era que todos aquellos rumores lo habían hecho más popular si cabía. Las mujeres lo adoraban y parecía que su pasado le daba un halo de misterio muy atractivo. No había muchos genios de la informática con semejante cuerpo.

–Lo importante es que todo está saliendo según lo planeado. Ahora solo tenemos que presentar una propuesta a Barrows.

–Así de simple.

–Tenemos dos de los mejores cerebros del mundo, seguro que se nos ocurre algo.

–Si no nos matamos antes el uno al otro.

–También es posible.

Julia se mordió el labio mientras se debatía entre decir lo que tenía en mente o callárselo. Si no se lo decía, resultaría extraño, pero cuanto más tiempo pasara con él, más le costaría después volver a la normalidad cuando todo acabara.

Estaba atrapada. Los dos lo estaban.

–Este fin de semana tengo... algo –comenzó a decir–. La invitación es para mí y un acompañante, así que se me ha ocurrido que quizá quisieras venir.

–Ya. ¿De qué se trata?

Apretó los labios un instante.

–De una boda. Se casa una empleada y va a ir mucha gente del negocio –lo más probable era que le apeteciera ir a una boda tanto como que le pegaran un tiro, pero tenía que decírselo–. Si voy sola, me harán preguntas.

–¿Y por qué no me lo dijiste ayer?

–Porque pensé que encontraría alguna escapatoria –reconoció.

–A estas alturas, no hay escapatoria posible, *cara mia*.

–Obviamente. Por eso te lo estoy diciendo ahora.

–Ya. ¿Cuándo es, el sábado o el domingo?

–En realidad va a durar todo el fin de semana porque es lejos de aquí.

–¡Dónde?

–En... Alaska.

–¿A quién se le ocurre casarse en Alaska? –que era lo mismo que había preguntado ella.

–La familia de la novia es de allí, así que quería

volver a sus raíces o algo así –o eso era lo que le había explicado.

–¿Y esperas que vayamos a pasar el fin de semana a Alaska como pareja?

–Pues... sí. Vamos, Ferro, sabes perfectamente que si voy sola, nos causará más problemas que si vamos juntos. Con toda esta publicidad, en Barrows estarán encantados cuando reciban nuestra propuesta.

–Es cierto.

–Tú pones el precio –le dijo ella–. Puedo dejarte un poco de dinero en la mesilla por las mañanas.

Sus palabras quedaron flotando en el aire y Julia no pudo hacer nada. No pretendía que sonaran como habían sonado, ni que parecieran una indirecta sexual. Seguramente la culpa la tenían esas fotos. Bueno, y el beso de la noche anterior.

–Lo siento –se apresuró a decir–. No era eso lo que quería...

–No pidas disculpas, *cara mia* –Ferro esbozó una sonrisa extraña para la situación, pero había algo oscuro en sus ojos–. Era una broma, lo sé.

–Sí.

–Iré a la boda contigo.

–Genial.

–Supongo que sabes que tendremos que dormir en la misma habitación.

–Puede que se crean que somos una pareja tradicional y que dormimos en habitaciones separadas.

Ferro la miró fijamente, enarcando una ceja.

–Lo dudo mucho, pero no te preocupes, seguramente la suite tendrá dos habitaciones.

–Me temo que no –le dijo ella–. Al principio pensé

quedarme con la mejor suite, pero luego pensé que debía de ser para los novios, luego me pasó lo mismo con las siguientes mejores y decidí dejársela a los padres de los novios.

–Déjame que adivine, luego pensaste en las damas de honor y en el padrino.

–Algo así. El caso es que al final me quedé con una habitación doble normal y corriente.

–Eres tan generosa que te olvidas de ti misma –dijo Ferro meneando la cabeza–. Bueno, dormiré en el sofá.

Se fijó en que aún estaba avergonzada por el comentario del dinero, pero no iba a hacer nada para que se sintiera mejor. No era asunto suyo, por eso no debería sentir la tentación de decirle que no tenía de qué preocuparse.

Ella no sabía nada de su pasado. Pero tampoco importaría si lo supiese.

Sintió una punzada en el pecho que le obligó a admitir que le importaba. No le gustaba que la gente creyera que había hecho fortuna aprovechándose de las mujeres. El problema era que la verdad era aún peor. Habían sido ellas las que se habían aprovechado de él.

Había sido un joven listo, pero sin formación alguna que le permitiese encontrar un buen trabajo.

Entonces había conocido a Claudia y todo había cambiado.

«Quieres ganar dinero, *caro*, así que aprovecha lo que tienes. ¿Por qué pasar hambre teniendo algo por lo que la gente te dará dinero? Tienes un cuerpo bonito. Las mujeres te pagarán por estar contigo y te harás rico».

Al final se había hecho rico como ella había dicho, salvo que lo había hecho invirtiendo el dinero que ganaba.

Para hacer aquel trabajo había tenido que aprender a separar la mente y el cuerpo. Era la única manera de no sentirse mal. De sobrevivir, de no sentir vergüenza. Había acabado levantando un grueso muro a su alrededor que no le dejaba sentir, solo observar. Que era lo que había hecho mientras besaba a Julia, observar, mientras que ella participaba en cuerpo y alma.

No era la primera vez que le pasaba, pero le dejaba muy mal sabor de boca.

Por eso huía de las relaciones y de las mujeres. Se había acostumbrado de tal manera a separar el cuerpo de la mente, que ya no podía volver a unir ambas cosas. Habían pasado doce años, pero aún seguía sintiéndose sucio, como si fuera un objeto que la gente utilizaba por placer. Seguía sintiendo que las mujeres que lo habían utilizado se habían quedado con una parte de él. Como si su cuerpo estuviera compuesto por distintos pedazos y se hubiera quedado sin muchos de ellos.

Sin embargo, la mente era toda suya. Eso no se lo habían quitado. No quería volver a pasar por todo aquello, por eso había renunciado al placer físico, porque no sabía cómo hacerlo de otra manera.

Pero Julia era una mujer normal y era evidente que había sentido algo con el beso, así que debía tener cuidado. No iba a aprovecharse de su cuerpo. Lo que estaban haciendo era en beneficio de ambos, pero en cuestiones de deseo sexual, la situación era muy distinta para cada uno. Ferro jamás le haría lo que otros le habían hecho a él.

Jamás utilizaría su cuerpo para conseguir lo que pretendía. Aunque podría hacerlo y sería muy fácil.

–Muchas gracias por cederme la cama.

–Si vas a pagar la habitación... Claro que si quieres que pague yo...

–Creo que podré permitírmelo, Ferro. No sé si has oído que soy la mujer más rica del mundo.

–Lo he oído. Un artículo muy interesante, por cierto.

–¿Lo leíste? –le preguntó con una mezcla de entusiasmo e inseguridad que le resultó muy divertida. Era una mujer de negocios implacable y sin embargo tenía algo más, algo que de vez en cuando brillaba a través de su coraza. Entonces parecía una muchacha llena de sueños que se emocionaba fácilmente.

Se preguntó por qué ocultaría todo eso bajo tanto cuero negro, por qué se empeñaba en parecer fría e indiferente cuando no lo era en absoluto. Por qué habría decidido ponerse esa coraza.

–Empecé a leerlo y resultó que hablaba de ti –explicó.

–Bueno, vuelvo a mi oficina, con mi ayudante, que no me trata como si fuera insignificante. Nos vemos en la boda.

Se dio media vuelta y salió del despacho con paso firme, moviendo la melena y dejando a su paso un rastro de olor a lavanda.

Cualquier otro hombre estaría ideando la manera de seducirla, pero él no. Aquel fin de semana en Alaska iba a ser una cuestión de negocios y para eso, ya no tenía que utilizar su cuerpo. Por el camino había tenido que renunciar a parte de su alma, por lo que, cuando quería sentir algo, solo encontraba un vacío oscuro. Para borrar el dolor, había tenido que acabar también con todo lo bueno.

Miró a su alrededor, a todo lo que había logrado, y pensó que había merecido la pena.

Capítulo 6

DEFINITIVAMENTE, la indumentaria que había elegido para el viaje Alaska era rompedora. No iba a venirle nada mal, necesitaba sentirse fuerte para aguantar un largo fin de semana con Ferro en una habitación de hotel.

Se subió la cremallera de la chaqueta negra que había combinado con unos estrechos pantalones de cuero del mismo color y se cruzó de brazos para esperar a que llegara Ferro para poder subir a su avión privado.

La ropa que se ponía conseguía cambiarle el estado de ánimo, algo que jamás habría sospechado antes de su gran cambio de imagen. Como tampoco habría sospechado que oír el ruido que hacía con los tacones al caminar con pasos largos y firmes le infundiría seguridad en sí misma. El color negro la ayudaba a integrarse.

Nunca vestía de colores y jamás de rosa, desde aquel horrible vestido del baile.

«Vas a estar tan guapa, cariño».

Se recordó a sí misma frente al espejo de la tienda, con su madre detrás, entusiasmada. Se habían pasado horas buscando el vestido ideal después de que Michael le pidiera que fuera con él.

Esa misma noche el vestido había acabado rasgado, destrozado. Cuando se lo había quitado en el cuarto de baño antes de meterse en la ducha para quitarse la sangre, el dolor y la vergüenza, había jurado que no volvería a usar ese color insípido y absurdo.

Al principio su estilista y su publicista habían intentado darle una imagen más suave, pero finalmente habían encontrado un estilo que iba más con ella y seguía siendo elegante.

Era una coraza que la hacía sentir como quería sentirse. Fuerte y al mando de la situación. Como si hubiera vencido a esa muchacha estúpida, siempre buscando desesperadamente que los demás la aceptaran. Por dentro seguía sintiéndose como un flan, pero al menos nadie lo notaba.

–Te veo muy preparada para la nieve.

Julia se volvió al oír la voz de Ferro, lo vio caminar hacia ella y no pudo evitar admirar fugazmente su manera de moverse y lo guapo que estaba con aquellos vaqueros oscuros, camisa blanca arremangada hasta los codos y una bolsa de piel al hombro.

–Yo a ti no.

–Me cambiaré en el avión. Tiene más habitaciones que la suite que has reservado.

–Muy gracioso, Calvaresi. Da la orden para ponernos en marcha, aquí me estoy asando.

Ferro sonrió y sacó el teléfono móvil del bolsillo.

–Sabes, hay un teléfono mucho mejor que ese en el mercado –le dijo, altanera–. OnePhone, puede con todos.

–Tu teléfono es más rápido solo cuando consigue cobertura de tus repetidores, cosa que ocurre en...¿un diez por ciento de los casos?

Julia sonrió también.

–Doce, pero cada vez tenemos más.

–Ya, ya –con solo tocar algo en el teléfono, Ferro hizo que se abriera la puerta del avión y pudieron subir a bordo–. Entretanto, el mío sigue siendo muy funcional.

–Muy funcional. Seguro que todos los dueños de aviones privados quieren un teléfono como el tuyo, pero el resto de la humanidad es feliz con el mío.

–Qué manera de malgastar la tecnología.

–No lo es –Julia miró a su alrededor y tuvo que reconocer que el avión era más grande que el suyo–. Para mí es muy importante que mis terminales sean accesibles para todo el mundo, no solo para los más ricos. Cualquiera puede disfrutar de lo que yo hago.

–Voy a pasar por alto la ambigüedad de tus palabras –dijo él al tiempo que ocupaban dos butacas enfrentadas.

–Mejor –respondió ella, meneando la cabeza.

–Deduzco que te ves a ti misma como una revolucionaria.

–Sí. Estamos cambiando las cosas, Ferro, la manera en que la gente se relaciona y aprende. Es apasionante.

–Yo solo lo hago por dinero –dijo él.

Julia lo observó detenidamente, intentando descifrar la expresión de su rostro.

–No te creo. Tienes que sentir algo de pasión por tu trabajo.

–No, Julia. Simplemente se me daban bien los ordenadores, pero, como todo lo demás, para mí solo fue una escapatoria. Lo único que me importa es el dinero. Por eso soy tu mayor amenaza. Tú eres una idealista y eso será tu perdición. A mí no me importa si algo está bien o mal, solo me interesa ser el primero y vencer a los demás.

Sus palabras estaban cargadas de frialdad y dureza, pero Julia no estaba segura de que realmente lo sintiera. Seguramente estaba convencido de sentirlo, lo que no comprendía era por qué necesitaba creerse tan frío y calculador.

–¿Y qué pasará cuando hayas acabado con toda la competencia?

–Me buscaré otra cosa a la que jugar –respondió sin la menor emoción.

–Yo prefiero la pasión, aunque conlleve sus riesgos –declaró ella–. Es más divertido.

–Yo no he podido permitirme el lujo de divertirme en toda mi vida.

–Eres multimillonario, Ferro. Relájate y disfruta.

Él negó con la cabeza al tiempo que el avión comenzaba a moverse por la pista.

–Cuando se vive en la calle, uno tarda muy poco en aprender que no puede relajarse nunca. No se duerme porque hay que estar alerta en todo momento. Yo creo que en los negocios ocurre lo mismo.

A Julia se le formó un nudo en la garganta.

–Y ahora que tienes una mansión con un sistema de seguridad tan infalible... ¿duermes?

Ferro volvió a negar con la cabeza, mirando fijamente a un punto en el vacío.

–No.

–Entonces lo mismo te daría seguir en la calle.

Eso le provocó una carcajada heladora.

–Todos los días lucho denodadamente para no tener que volver jamás a la calle.

–Suena agotador.

–¿Lo dice la mujer de la energía inagotable?

Julia se encogió de hombros.

–Pero soy feliz y así es más fácil todo.

–¿Por qué eres feliz?

–Tengo el trabajo que siempre quise, amigos, familia –le costó decir esa última palabra cuando casi nunca hablaba con sus padres y apenas podía dirigirle la palabra a su madre.

–¿Entonces a qué viene tanta coraza? Si te sientes tan feliz y protegida.

–No sé a qué te refieres.

Ferro se inclinó hacia ella y pasó la mano por el cuello de la chaqueta.

–Sabes perfectamente a qué me refiero. A esto.

–¿Tus trajes también son una coraza?

–Por supuesto. No quiero que nadie diga que parezco un chico de la calle. Quiero que al verme, la gente piense que me he ganado el éxito a pulso y no acostándome con unas y con otras. Es cierto que por dentro no cambia nada.

–Sí que cambia. Yo no podría subirme a un escenario y dar un discurso vestida con una camiseta enorme, con el pelo aplastado y aparato en los dientes.

–Pero eso no te cambia realmente. Si lo hiciera, te sentirías segura incluso con camisetas enormes.

–Sabes mucho para tener tantos problemas.

–Y tú sabes que tengo razón. La imagen es importante para todos, pero al menos yo no finjo que estoy bien.

A Julia no le gustó nada aquel comentario, no le gustó que pensara que fingía estar bien. Y mucho menos le gustó que fuera cierto porque, en aquel instante, se sentía igual que cuando estaba en el instituto, solo que disfrazada.

–Cuando tú estés dispuesto a despojarte de esa imagen, lo haré yo también.

–No te estoy desafiando y mucho menos juzgando. Soy el menos indicado para juzgar a nadie, los dos lo sabemos. Solo estoy diciendo que me doy cuenta de que hay muchas cosas que escondes.

No le gustaba nada que supiera cuál era el propósito de todos sus modelitos negros, porque eso les restaba mucha efectividad.

Cretino.

–Cuando necesite un psicólogo, buscaré un profesional. No quiero que me analice un tipo que tiene aún más problemas que yo –se recostó sobre el respaldo y se cruzó de piernas y de brazos–. Dime, Ferro, ¿a ti qué es lo que te hace feliz?

–No creo saber lo que es la felicidad. Pero tengo éxito y dinero y con eso me basta.

–¡Este lugar es increíble! –exclamó Julia al ver el lugar donde iban a alojarse. El hotel estaba situado a orillas de un lago, rodeado de montañas cubiertas de árboles altos y frondosos–. No pareces impresionado –le dijo a Ferro.

–No me gusta el frío –se limitó a decir.

–Entremos, entonces –propuso ella.

No podía dejar de pensar en la conversación que

habían tenido en el avión y en lo que había dicho sobre la felicidad.

Aquello era exactamente lo que temía; terminar descubriendo que Ferro era humano. Eso podría hacer que acabara sintiendo algo por él.

No, imposible. Ferro era un cretino. No podía, ni debía sentir nada por él.

–Espérame aquí, voy a registrarnos –le dijo Julia.

Ferro miró a su alrededor mientras intentaba entrar en calor. Desde que habían bajado del avión, no había parado de imaginar lo que sería tener que vivir a la intemperie en un lugar así.

No era ninguna casualidad que se hubiese trasladado a un lugar con un clima tan moderado como el de California. No le gustaba pasar frío porque le recordaba lo que era dormir sobre el cemento, tapado con unos cartones. Por eso tampoco le gustaba pasar hambre. Por lo mismo que huía de las relaciones.

Todo eso le recordaba al pasado. Le recordaba lo mal que había estado cuando Claudia lo había encontrado en la calle, buscando trabajo. Y se lo había ofrecido ella.

«¿Necesitas un lugar donde dormir esta noche, cariño?».

Recordaba perfectamente sus palabras. Y el olor de su perfume. Un perfume que después le había quedado impregnado en la piel, junto con la vergüenza. Claudia había pagado mucho dinero por su virginidad. Le había parecido excitante enseñarle y a él le había servido para comer y dormir en una pensión toda una semana. Una noche de sexo, una semana de comodidad.

Cuando se le había acabado el dinero, Claudia había vuelto a buscarlo.

«Te necesito otra vez, cariño. Y cuando acabe contigo... tengo muchas amigas a las que les encantaría pasar un buen rato. Sus maridos no les hacen caso, se sienten muy solas. Si dices que sí, olvídate de hoteles de mala muerte; podrás comprarte algo. ¿Qué te parece? Serás independiente y no volverás a pasar frío».

No había podido negarse. Pero cada céntimo que había ganado le había costado tremendamente.

–¡Ya está! –anunció Julia, sonriente.

Solo con mirarla, sintió un repentino calor que le invadió el cuerpo a pesar del frío que había sentido apenas unos segundos antes. Resultaba curioso, pero no pensaba darle la menor importancia.

La siguió hasta el ascensor y después por el pasillo mientras sus tacones repiqueteaban en el suelo. Se había fijado en que le gustaba andar con pasos largos y firmes. Seguramente era parte de esa imagen con la que pretendía parece fuerte e impenetrable.

La habitación tenía un enorme ventanal con vistas al lago y a las montañas. Efectivamente, había un sofá y una gran cama con dosel.

La mayoría de los hombres estarían pensando en todo lo que harían en una cama de ese tamaño. Y lo cierto era que también él había empezado a pensarlo.

«Haz lo que te he dicho, muchacho. Estás aquí para darme placer a mí. Eres mío».

Esa era la verdadera Claudia, no la que actuaba como si quisiera ayudarlo. Una mujer que disfrutaba dominándolo y vendiendo sus servicios. Ferro tenía esa voz metida en la cabeza y no dejaba de recordarle lo sucio que era.

Jamás podría librarse de ella, ni del recuerdo del frío y del hambre, por mucho dinero que tuviera. Siempre sentiría que su cuerpo no le pertenecía, aunque llevase años sin venderlo. Nunca podría recuperarlo.

–Solo hay una cama –comentó Julia.

Ferro se preguntó si el rubor de sus mejillas significaría que lo deseaba. Todo sería mucho más fácil si al menos uno de los dos sentía algo. Él podría aprovechar ese deseo, aunque le repugnase la idea. Podría darle lo que ella deseara; sabía muy bien cómo hacer que su cuerpo respondiera aunque su cerebro no quisiera.

Apretó los dientes.

–¿Está invitada la prensa a la boda?

–Sí –respondió ella–. Por eso sabía que debíamos venir juntos. El novio es Josh Colter, su padre es el dueño de la cadena de restaurantes Colter.

–¿Y sin embargo tú te has hecho cargo de todas las habitaciones del hotel? Pero si son millonarios.

–Es mi regalo de bodas –le explicó.

Ferro la miró, intentando comprenderla. Era evidente que buscaba la aprobación de los demás, pero ese tipo de cosas las hacía simplemente por amabilidad. Algo que a él le costaba mucho entender.

–¿Con el que pretendes comprar amigos? –le dijo, porque la idea le resultaba mucho más comprensible.

–Todo el mundo hace cosas así por sus amigos.

–Yo no.

–Pero, ¿tienes amigos?

–Creo que no.

–¿Por qué?

–No sé. Siempre tendría la sensación de estar comprándolos. Además, no soy demasiado simpático, por si no te has dado cuenta.

–Sí, sí que me he dado cuenta.

–Cuando llegué aquí no conocía a nadie, ni quería mantener el contacto con nadie del pasado.

Julia soltó un suspiro.

–Yo no pretendo comprar a nadie. Lo hago porque quiero y porque puedo. Aunque sí que tengo ese problema con los hombres –se sentó a los pies de la cama–. Es muy cansado que solo se me acerquen por mi dinero. Siempre que alguien me pide una cita me pregunto si le habría gustado antes de ser rica. Si la respuesta es que no, no me molesto en aceptar la invitación.

–¿Y cómo sabes la respuesta?

–Por el aspecto. Si son medianamente... guapos, lo que les interesa no es mi personalidad.

–Eso es un prejuicio.

–Es posible, pero suele cumplirse. Yo... tuve un... incidente cuando estaba en el instituto.

–¿Otra de las adversidades de la vida?

El cinismo de su voz cortó de raíz sus ganas de sincerarse.

–Es duro descubrir que estás saliendo con un hombre gay y con pareja al que solo le interesan mis contactos y mi dinero.

–Al menos solo quería aprovecharse de tu cartera, no de tu cuerpo.

–Eso es cierto –reconoció antes de hacer una

breve pausa–. Pero alguna vez me gustaría salir con alguien que no quisiera aprovecharse de mí en ningún sentido. Antes... cuando no existía Anfalas, sabía que todo el mundo me consideraba rara. Y ahora... soy popular porque visto bien y tengo dinero.

Julia apartó la mirada de él y Ferro sintió algo extraño en el pecho, como si entre ellos hubiera una conexión invisible que le permitía experimentar lo que ella sentía. O quizá fuera por lo que había dicho. Porque él también deseaba sentirse como los demás. De vez en cuando se preguntaba cómo sería si pudiera borrar toda aquella vergüenza y sentirse limpio. Como si no hubiera pasado nada.

Pero era imposible.

–Así es el mundo, Julia –dijo a modo de conclusión–. El que tiene el dinero tiene el poder. ¿Crees que yo le importaba a alguien cuando era un pobre huérfano que vivía en la calle?

–No –reconoció–. Si le hubiera importado a alguien, no habrías tenido que vivir en la calle.

–A nadie le importó que muriera mi madre porque no tenía nada, solo un hijo.

–¿Cómo te las arreglaste?

–Durante un tiempo gracias a la iglesia. Fui a un colegio que dirigían unas monjas, pero cuando dejó de haber dinero, volví a quedarme sin casa.

–Y yo quejándome de los hombres que solo buscan mi dinero. Debe parecerte una tontería –dijo, con una mirada triste en los ojos.

Pero no era así, aunque Ferro no sabía por qué.

Quizá porque era sincera. Cuando Julia contaba algo, no lo hacía para manipularlo; solo pretendía compartir una parte de su vida con él y eso no había hecho nadie nunca. Como tampoco él había querido contarle a nadie nada de su pasado y, sin embargo, a ella le había contado más en las últimas horas que a ninguna otra persona en toda su vida.

Volvió a notar esa cálida sensación tan extraña.

–¿Tienes hambre? –le preguntó, para dejar de pensar.

Julia lo miró con cierta confusión.

–Eh... sí. Dame solo un segundo para cambiarme de ropa.

Por un momento Ferro la imaginó despojándose de esos pantalones de cuero y la calidez se transformó en fuego.

–Te espero en el vestíbulo.

Salió de la habitación y, al cerrar la puerta, volvió a sentir frío.

Capítulo 7

JULIA intentó quitarse esa especie de cosquilleo que sentía en la piel cada vez que Ferro estaba cerca. Habría sido muy fácil echarle la culpa al frío de Alaska, pero no habría sido justo porque llevaba sintiendo ese cosquilleo desde el beso.

Se echó el chal por los hombros. Era rojo, algo inusual en ella, del mismo color que los zapatos y el pintalabios, pero el vestido era negro. Todo ello se lo habría proporcionado su estilista, junto con detalladas instrucciones sobre qué debía ponerse en cada momento a lo largo de todo el fin de semana.

El problema era que su eficiente ayudante, que no sabía que lo del romance con Ferro era una farsa, se había asegurado que en su equipaje hubiera un camisón transparente para cada noche. Julia le había enviado un duro mensaje de texto para protestar y recordarle que estaba en Alaska, pero la respuesta de Thad era que no había nada como el calor humano y le sugería que se abrazase a ese «sexy hijo de perra» para evitar el peligro de hipotermia.

Ferro la esperaba en el bar del restaurante, whisky en mano.

–Eso te ayudará a entrar en calor.

Él enarcó las cejas.

–¿Quién ha dicho que necesite entrar en calor?

–Antes has dicho que no te gustaba el frío.

–Ah, es posible –reconoció con una tenue sonrisa antes de beberse lo que quedaba en el vaso de un trago y quedarse como si nada.

El restaurante era tan rústico, elegante y acogedor como el resto del hotel.

–Me encanta esto –comentó Julia cuando ocuparon la mesa del rincón–. Tengo la impresión de que en cualquier momento podrían aparecer unos cuantos duendes.

Se mordió la lengua, pero eso no sirvió para borrar su ridículo comentario. ¿Por qué cuando estaba con Ferro salía la rara que llevaba dentro? Quizá porque no estaba acostumbrada a pasar tanto tiempo con nadie que no perteneciera a su círculo de personas más cercanas, con las que no tenía que fingir que era lo que no era.

Pero él era uno de sus mayores enemigos y nunca había dejado que descubriera que era humana.

Probablemente porque él parecía completamente inhumano.

Era como si estuviese protegido por un muro de puro granito.

Debía recordar que ese muro podría aplastarla fácilmente. Y dejar de pensar en el beso y en el escalofrío que recorría su cuerpo cada vez que miraba a aquellos ojos oscuros y misteriosos.

Pero entonces él la sorprendió.

–Podría servirte de inspiración para crear el escenario de un juego para el teléfono. Podríamos trabajar juntos y hacer que funcionara también con mi sistema de telefonía.

–Qué divertido. Un juego en el que cada uno podría crear su ciudad.

–Y ejércitos –sugirió él.

–O vivir en paz –replicó Julia mientras agarraba la carta.

–Buena idea.

–¿Lo ves? La pasión ayuda mucho.

–Yo prefiero el control. Así todo es más fácil de predecir y más organizado.

–Pero, Ferro, así no se siente nada.

De pronto algo cambió en su mirada. Se volvió más oscura al tiempo que bajaba hasta los labios de Julia, que sintió un ligero temblor solo de ver cómo la miraba. Y no solo en los labios, también más abajo. No quería ni pensar cómo lo había hecho.

Solo con una mirada.

–Pero, además de pasión, también tienes un lado implacable, Julia –le dijo él, casi con un susurro, después soltó la carta y siguió mirándola sin parpadear siquiera.

–Pero es evidente que tomo la mayoría de las decisiones guiada por la emoción –y en ese momento lo que sentía era pura euforia y excitación–. Si no, no estaría aquí porque el deseo de acabar con Hamlin para que mi negocio crezca va en contra de todo sentido común. Es la pega de ser apasionada.

–Hay muchas otras pegas –matizó él–. La pasión es algo muy egoísta. Cuando se exacerba, uno tiene que buscar la satisfacción a toda costa.

Ahora era ella la que lo miraba a los labios. Sabía

la sabiduría que había en ellos y la habilidad con la que podían despertar su cuerpo.

Tal y como estaba diciendo él, la pasión solo crecía cuando se alimentaba. Y parecía que con la pasión física ocurría lo mismo.

Por supuesto, ella no lo decía por experiencia porque, a sus veinticinco años, seguía siendo virgen. Su único contacto con el sexo había sido violento y doloroso, lo que había minado su confianza y su deseo.

Quizá por eso aceptaba salir con hombres a los que solo les interesaba su dinero, porque no suponían ninguna amenaza.

Sin embargo, sabía que lo que decía Ferro era cierto, podía sentirlo.

–¿Y eso es tan malo... cuando las dos partes buscan lo mismo? –tuvo que aclararse la garganta antes de continuar–. Tú y yo, por ejemplo. Estoy hablando del trabajo. Yo veo el proyecto de Barrows con mucha pasión y tú también lo quieres, así que mi pasión nos beneficia a los dos y tu deseo, también.

–Eso está muy bien cuando ocurre, pero la experiencia me dice que normalmente el que tiene más poder acaba controlando la situación y no creo que tú quieras perder el control.

–En resumen, en tu mundo, la necesidad de control siempre supera la pasión.

–Absolutamente siempre, *cara*.

–Pero el control no inspira juegos maravillosos. Reconócelo.

Ferro se echó a reír de un modo que a Julia le pareció completamente distinto a las otras veces que lo había oído reír. Le pareció más sincero.

–En eso no puedo llevarte la contraria.

–Estupendo.

Disfrutaron en silencio del salmón que habían pedido y de las maravillosas vistas del lago, que resplandecía a pesar de la hora gracias al verano de Alaska.

De repente a Julia le pasó por la cabeza la presentación que había hecho casi dos semanas antes. Y, sin darse cuenta, se echó a reír.

–¿Qué? –le preguntó Ferro al oírla.

–Estaba pensando que hace dos semanas, cuando me estropeaste la presentación, habría querido matarte con el primer objeto que encontrara. Sin embargo ahora estamos aquí, cenando juntos, tengo un cuchillo a mano y no siento el menor deseo de utilizarlo contra ti.

–Hemos avanzado mucho.

–Desde luego –tomó un poco de arroz–. Tú casi pareces civilizado.

–No te equivoques, Julia –le advirtió él.

–¿Por qué? ¿No quieres tener que responder a mis expectativas?

–No quiero que tengas expectativas imposibles. No te olvides que cuando esto acabe, no voy a borrar de mi memoria nada de lo que me hayas contado y, si me sirve, utilizaré en tu contra los secretos y las debilidades que compartas conmigo.

–En todo momento has sido sincero, Ferro. Tendrás muchos defectos, pero sé que no eres un mentiroso, así que te creo –dijo con un nudo de tensión en la garganta–. No te preocupes.

Quizá porque mostrara tanta determinación a no sentir ningún tipo de conexión con ella. O quizá porque ella empezaba a sentir esa conexión, por extraña que fuera. Había algo en él que la conmovía, que le hacía sentir y desear cosas en las que hacía mucho tiempo que ni siquiera pensaba.

¿Qué cosas? ¿Más besos? ¿Algo más que besos? ¿Con él? Sería una tremenda estupidez.

Pero también muy atrayente.

Dios, necesitaba ayuda. Ayuda profesional.

–¿Vamos? –le preguntó él.

Julia asintió, pero enseguida cayó en la cuenta de que, si se iban, subirían a la habitación, los dos solos. Juntos.

–Podríamos... dar un paseo.

–¿A estas horas?

–Todavía hay mucha luz.

–Y osos.

–Ah. No me apetece nada encontrarme con un oso.

–Me lo imaginaba.

Julia respiró hondo.

–Está bien. Entonces vamos a la habitación.

Dejó el dinero de la cuenta sobre la mesa.

–Como tú pagas el alojamiento.

–Muy noble por tu parte –le agradeció, de nuevo tensa. ¿Por qué reaccionaba así? Daba lástima–. ¡Ay! –exclamó al recordar las prendas que llevaba para dormir–. Te veo en la habitación.

–De acuerdo.

Después de verlo marchar, Julia volvió a respirar hondo y se dirigió a la tienda de regalos del hotel. Se compraría ropa de deporte y así no se sentiría tan incómoda teniendo que dormir en la habitación. Quizá.

Probablemente no serviría de nada, pero merecía la pena probar.

Ferro estaba tumbado en el sofá de la habitación observando el cielo, todavía iluminado a las once de la noche. Julia se había metido en el cuarto de baño hacía media hora y él estaba allí, pensando más de lo que debería.

No pensaba tanto en su cuerpo, desnudo bajo el agua, como en todos los motivos por los que no debería estar pensando en ello.

No solo se refrenaba de actuar, también de desear hacerlo. Estaba acostumbrado a hacerlo y hacía mucho tiempo que había aprendido a controlar su cuerpo con el pensamiento. Era capaz de excitarse cuando lo necesitaba y de reprimir la excitación cuando le parecía mejor hacerlo. Nada mejor para conseguirlo que recordar todos sus pecados, la vergüenza de sus actos.

En ese momento se abrió la puerta del baño y la habitación se inundó de luz. Ahí estaba Julia, vestida con unos holgados pantalones de deporte grises y una camiseta negra. Llevaba el pelo envuelto en una toalla.

Intentó recordar si alguna vez había visto una mujer vestida de una manera tan informal. Nunca había tenido una amante de verdad, solo clientas que pagaban por estar con él, mujeres presumidas que solían ir demasiado maquilladas, con corsés y sostenes con los que pretendían desafiar a la gravedad y a la Naturaleza. Como si a él le hubiera importado. Como si nada de eso hubiera podido hacerlas más aceptables.

Una vez más le sorprendió la dulzura de Julia, una dulzura que se esforzaba por ocultar, pero que seguía ahí. Una dulzura que lo tenía fascinado.

No pudo apartar los ojos de ella mientras se quitaba la toalla, agitaba el pelo y luego se tumbaba en el centro de la cama con su tableta. La luz del pequeño ordenador le iluminó el rostro.

Se puso unos auriculares y empezó a tocar la pantalla con entusiasmo. Debía de estar jugando, pensó Ferro con una sonrisa en los labios. Ahí estaba la pasión que tanto defendía. Era algo digno de observar. Algo hermoso.

Ella era hermosa. El descubrimiento lo sobresaltó. Se dio cuenta de que no solo estaba observando su belleza, también la sentía. Deseaba tocarla y poseerla.

Era una sensación muy intensa. No podía ser la primera vez que le pasaba, pero lo cierto era que no lo recordaba. Quizá en otra vida, cuando era otro hombre.

–¿A qué juegas?

Ella levantó la cabeza, sorprendida, y se quitó los auriculares.

–Pensé que estabas dormido.

–No, siento haberte asustado.

–Entonces estabas ahí, agazapado en la oscuridad.

–No estoy agazapado sino tumbado.

–Acechante.

Ferro se echó a reír. Era muy curioso, pero Julia lo hacía reír. Normalmente escogía cuándo reírse, igual que elegía cuándo sonreír. No era algo espontáneo, ni sincero. Sin embargo hacía que reaccionara involuntariamente.

Y eso le preocupaba. Le preocupaba que esa mujer, que en muchos sentidos seguía siendo solo una muchacha, tuviera semejante poder sobre él. Pero una parte de él deseaba poner a prueba dicho poder y comprobar qué pasaba. Era muy tentador.

¿Cuánto tiempo hacía que no le tentaba nada? Desde la última vez que había sentido calor por dentro.

Estaba harto de sentir frío.

Esa era su triste realidad. Por muy lujosos y cálidos que fueran los lugares que lo rodeaban, nunca conseguía entrar en calor.

–Lo confieso. Admiraba tu indumentaria.

–No te lo vas a creer, pero la verdad es que mi ayudante me hizo el equipaje y solo me puso cosas... sexys. Por suerte, la tienda de regalos me ha salvado la vida.

–Me gusta lo que has comprado.

El encaje y la seda no le habrían resultado tan tentadores porque, en esos momentos, Julia no se parecía a ninguna otra mujer de las que había visto en su vida. Parecía limpia, despojada de su coraza.

Qué fácil le resultaría en aquel momento decir las palabras adecuadas. Acercarse a ella y besarla.

Sintió un escalofrío. Deseaba hacerlo. La deseaba. Deseaba su cuerpo.

La idea lo dejó paralizado.

Algún día tendría una amante. Había pasado demasiado tiempo. Pero no sería ella, ni en aquellas circunstancias.

Podía imaginarlo:

«Tu cuerpo a cambio de tu empresa. Dejaré en paz a Anfalas para siempre, solo tienes que ponerte en mis manos, a mis órdenes. Dejar que te disfrute».

Podría hacerlo. Podría dejar de buscar los puntos débiles de su negocio y cobrar la recompensa en sexo.

Pero entonces se habría convertido en lo que tanto odiaba y eso no podía permitirlo. No iba a rendirse al placer, ni a perder la poca alma que le quedaba.

Sentía el ardor del deseo en todo el cuerpo, atormentándolo con unas ansias que no podría satisfacer.

No. La pasión era el camino más directo hacia la destrucción. El control era lo único que podría darle la paz que tanto necesitaba.

Capítulo 8

A LA MAÑANA siguiente, Julia se despertó inquieta y atontada. Compartir habitación con Ferro estaba resultando tremendamente problemático. Para empezar porque dormía en calzoncillos. Por la noche no se había dado cuenta, pero al oírlo levantarse por la mañana, se había despertado y, al abrir los ojos, ahí estaba él, prácticamente desnudo porque lo único que cubría su cuerpo era un bóxer negro ajustado que le marcaba el contorno del trasero de tal manera que no dejaba demasiado a la imaginación.

Se había metido al baño y, al salir, le había mostrado el resto de... sus secretos masculinos, además de los abdominales y el torso, salpicado por la cantidad justa de vello.

Era una fantasía hecha realidad. Un hombre de verdad, con los músculos y todas las cosas buenas que aportaba una buena dosis de testosterona.

Julia jamás había deseado realmente esas cosas, al menos no como las deseaba al verlo a él.

Seguramente nunca las había deseado porque no se lo había permitido porque, aunque le costara admitirlo, llevaba años fingiendo que la agresión de Michael no había tenido ninguna repercusión en su manera de ver el sexo. En teoría ella sabía que el sexo no tenía por qué ser así y que la mayoría de los hombres no le harían daño. Lo sabía, pero había una parte de ella que no se lo creía del todo y huir del sexo, y de los hombres, era más sencillo que analizar lo que sentía.

Como tampoco había tenido nunca muchos admiradores, no le había costado renunciar al sexo y limitarse a fantasear en privado cuando sentía la necesidad. Era mejor así porque no dependía de nadie, ni tenía que confiar en nadie.

Sin embargo, Ferro hacía que se planteara si merecería la pena correr el riesgo a cambio de disfrutar de un cuerpo así. Él no le haría daño, ni la obligaría a hacer nada. De eso estaba segura.

Eso no quería decir que Ferro le gustara, simplemente le parecía sexy. Era una mujer y tenía sus necesidades. Quería acostarse con él, nada más.

Había bajado sola a comer mientras Ferro aprovechaba para adelantar trabajo en la habitación antes de la boda. Julia había agradecido un poco de soledad porque necesitaba un respiro. Aunque luego no había podido dejar de pensar en él. Con la mirada clavada en el plato, reconoció que apenas lo conocía. Sin embargo, cuando estaba con él se olvidaba de todo y se dejaba llevar por esas sonrisas y esa manera que tenía de reír.

Qué lástima daba.

Definitivamente, necesitaba un respiro para que se le tranquilizaran las hormonas. No podía dejarse llevar por lo que estaba sintiendo. Si se rendía a aquel absurdo deseo... ¿qué? No pasaría nada. Ferro y ella no se caían bien el uno al otro, eran dos adversarios que habían firmado una tregua, pero que después seguirían atacándose mutuamente.

Así que si se acostaba con él, no estropearía absolutamente nada. De todos modos, nunca podrían tener una relación. Y tampoco la querían.

El descubrimiento le aceleró el pulso.

El problema era que ella no era de las que se acostaba con un hombre con el que jamás podría tener nada serio. ¿O sí?

Tampoco se veía capaz de confiar nunca en nadie lo bastante como para mantener una relación de verdad. Ni quería que la utilizasen por su dinero. Pero Ferro no buscaba su dinero, ni su posición social. Si quería acostarse con ella, sería simplemente porque la deseaba a ella.

Julia llegó a la conclusión de que podría hacerlo, pues era consciente de lo que había.

¿Qué tenía que perder? Tampoco estaba hecha para ser esposa y madre, así que quizá lo mejor que podría tener sería una aventura ardiente y apasionada.

Una aventura con su enemigo.

¿Cómo era posible que eso la excitara?

Levantó la mirada justo en el momento que llegaba a la mesa de al lado un hombre rubio y guapo. Ni mucho menos tan guapo como Ferro, pero atractivo. Quizá esa fuera la solución. Buscar a otro. Estaban rodeados de gente, completamente a salvo. Desde luego sería menos peligroso que con Ferro.

–Hola –le dijo, sonriendo e inclinando la cabeza en un gesto que había visto hacer a otras mujeres. Quizá también ella pudiera coquetear, además ese vestido le marcaba los pechos, lo que contribuiría a atraer su atención.

–Hola. Eres Julia Anderson, ¿verdad? –al ver que

ella asentía, el hombre continuó–. Te he visto y me he acercado por si tenía la suerte de hablar contigo.

–¿De verdad? –se acercó los brazos al pecho, para resaltar sus atributos–. Me alegro.

–Verás, tengo una idea para una aplicación de la que me gustaría hablarte.

Al oír eso, el cerebro de Julia se cerró de golpe y aquel tipo empezó a parecer cada vez menos guapo mientras le exponía una idea bastante pobre y carente de visión comercial. Cuando terminó de hablar, le dio las gracias, le estrechó la mano y se largó de allí, convencida de su negativa.

Estaba harta. Cuando no era nadie, los hombres no se acercaban a ella porque era rara y porque le gustaban demasiado los ordenadores. Y ahora que tenía dinero y poder, todo el mundo era amable con ella. Eran todos unos hipócritas de los que no podía fiarse. Ferro era un arrogante, pero al menos era sincero.

No sentía mucha simpatía por ella, ni tampoco fingía sentirla. No quería conocerla a fondo, pero quizá quisiera acostarse con ella. Julia se veía capaz de aceptar algo así. Al menos estaría claro.

En aquellos momentos, prefería su sinceridad brutal que la sonrisa de un adulador.

Cada vez le parecía menos locura tener una aventura con su enemigo.

–Se supone que no se debe asistir a una boda vestida de negro.

Ferro se acercó a Julia en el banquete de bodas, después de haber seguido la ceremonia separados. En cuanto ella se dio la vuelta, se le encogió el estómago y se le aceleró el pulso. No pudo negar que estaba excitado.

–Me han dado permiso –explicó, sonriendo.

Llevaba el cabello suelto, los labios pintados de rojo y un vestido negro de corte sirena, sin mangas y con un pronunciado escote, tanto por delante como por detrás.

Tenía los pechos pequeños pero perfectos y Ferro se descubrió a sí mismo imaginándolos al descubierto. ¿Sería porque llevaba demasiados años renunciando a sus fantasías para cumplir las de los demás? Demasiados años conteniendo el deseo para no tener que lidiar con el pasado. ¿Por eso lo que sentía ahora era tan intenso? ¿O sería simplemente por Julia?

Un fruto prohibido. Una tentación de la que jamás habría creído que podría caer preso.

Era un deseo egoísta.

A menos que se propusiese satisfacerla a ella.

No.

No iba a hacerlo. No iba a revivir el pasado porque, aunque odiaba los rumores, odiaba aún más la verdad. Odiaba haber sido el juguete de todas esas mujeres, odiaba haberse vendido a ellas y que su fortuna, hasta el último centavo que había invertido en la empresa, estuviese manchada porque había ganado ese dinero vendiendo algo que uno solo debería regalar.

Así pues, apartó la mirada de su cuerpo y la centró en sus ojos. Azules y limpios. Unos ojos que reflejaban lo que empezaba a creer que era realmente: una persona inocente y buena.

–Claro que te han dado permiso, eres la gran benefactora, además de la persona que paga el sueldo de la novia –le dijo, lleno de cinismo.

–Un sueldo que ella se gana honradamente. Es una buena programadora.

–¿Conoces a todos tus empleados?

Julia encogió un hombro.

–A todos no, sería imposible en una empresa tan grande. Pero eso ya lo sabes.

–Yo no conozco prácticamente a ninguno, salvo a los de los puestos más altos.

–¿Cómo es posible?

–No soy de esos jefes que hacen fiestas y excursiones para crear buen ambiente de trabajo.

–Yo sí –reconoció ella en voz baja.

–Sí, porque eres... buena persona.

–Gracias. Lo dices como si te sorprendiera.

–No conozco muchas buenas personas.

–A lo mejor no lo soy tanto.

–¿Por qué dices eso?

–No sé. Puede que sea generosa, pero solo con el dinero. Es mucho más fácil que darse una misma y abrirse a los demás. Nunca lo había pensado, pero creo que en realidad nunca me había importado que la gente se relacionara conmigo solo por mi dinero.

–¿Y eso lo hacen también los hombres?

–Claro. Mira, Ferro, en el mundo hay muchas mujeres hermosas, mucho más hermosas que yo, pero no hay ninguna con más dinero. No hace falta ser un genio para saber por qué de pronto les intereso a los hombres.

–El que te mire y solo vea una cuenta bancaria es

un imbécil. ¿Cómo es posible que alguien no se dé cuenta de lo increíble y especial que eres?

Julia abrió los ojos de par en par al oír aquello. El cumplido había funcionado, pero lo cierto era que Ferro lo había dicho de verdad, no para intentar seducirla. Aunque parecía haberlo conseguido.

«Es tuya si la quieres».

No.

Empezaba a consumirle la tentación de saber lo que era estar con ella y explorar toda esa inocencia. Eso era lo que lo avergonzaba. Que lo que deseaba era despojarla de su coraza y eso debería bastar para alejarlo de ella.

Pero también era lo que la hacía distinta a las demás.

–¿De verdad piensas que soy así? –le preguntó Julia.

–Sí –respondió, a pesar de que sabía que debería decir algo que hiciera que dejara de mirarlo con esos enormes ojos azules, como si pensara que era un héroe.

–¿Cómo es posible que nunca nadie se haya dado cuenta? ¿Qué me pasa, Ferro? ¿Por qué nadie ve nada bueno en mí? ¿Por qué solo se acercan a mí por interés?

–¿Quieres que sea sincero? Creo que eres demasiado lista para la mayoría de la gente. Intimidas. Está claro que necesitas a alguien excepcional porque eres todo un desafío que a muchos hombres les asusta. O... les impulsa a intentar dominarte –la vio estremecerse al oír eso–. Pero también creo que a ti tampoco te interesan los hombres que se te acercan. En realidad tienes más control del que tú crees.

–¿Eso piensas?

–Sabes perfectamente cómo conseguir lo que deseas. Eras millonaria antes de cumplir los veintiuno y eres una de las mejores de la industria tecnológica. Es toda una hazaña. Vales mucho más de lo que tú piensas.

Julia miró la copa de champán que tenía en la mano y luego otra vez a Ferro. ¿Qué pasaría si intentaba seducirlo? ¿Si intentaba conseguir lo que deseaba?

Solo necesitaba que él también la deseara un poco, no hacía falta que la considerara especial ni nada parecido.

Era ridículo. Ferro tenía razón cuando le decía que esa coraza que llevaba no le servía de nada. Por dentro seguía aterrada, daba igual la imagen detrás de la que se escondiera.

Pero quizá él pudiera ayudarla a romper esa coraza de miedo. Ferro Calvaresi era todo un experto.

De pronto se le ocurrió algo.

Si quería aprender de sexo, ¿qué mejor que acudir a un experto en la materia?

Tomó un trago de champán para reunir las fuerzas que necesitaba, dio un paso hacia él y le puso una mano en el brazo.

–¿Y a ti te gustan las mujeres que tienen el control?

Algo cambió en su mirada.

–No. A mí lo que me gusta es tener el control.

Sus palabras la hicieron estremecer, despertaron un deseo que la dejó paralizada unos segundos.

–Es una lástima... –consiguió decir. Todo aquello se le daba fatal. Era una experiencia completamente nueva para ella, nueva y aterradora. Pero lo deseaba tanto, que no quiso rendirse–. ¿Quieres...? –titubeó un instante, luego tomó aire y se lanzó de nuevo–: ¿Quieres salir conmigo a la terraza?

–¿Es que hay fotógrafos cerca?

–Es posible –dijo, sin apartar la mirada de sus ojos.

Él le tendió una mano y ella la aceptó. Al salir a la terraza, Julia se encontró con un cielo plagado de estrellas. Jamás había visto nada parecido. Lo que ella sentía en aquellos momentos tampoco se parecía a nada que hubiera sentido antes.

Se giró hacia Ferro, le puso una mano en el rostro y volvió a mirarlo a los ojos, pero encontró en ellos una expresión insondable.

No estaba dispuesta a esperar que él diera el primer paso. Iba a ejercer ese control que él creía que tenía.

Le puso la otra mano en el cuello, cerró los ojos, porque pensó que así sería más fácil, y se inclinó hacia él hasta rozarle los labios.

Al ver que no se movían, ladeó la cabeza y le rozó la comisura de los labios con la lengua.

Entonces sí se movieron. Ferro le pasó un brazo por la cintura, la apretó contra sí y dejó que lo besara, sin hacer nada, pero sin negarle nada.

–Bésame –le ordenó ella.

Por fin la obedeció y la humedad de su boca y de su lengua, le provocó a Julia esa misma humedad entre los muslos.

Dios, cuánto lo deseaba. Quería que le enseñara todo lo que se había perdido hasta ahora.

Pero entonces se apartó bruscamente y la dejó helada.

–¿Qué? –le preguntó.

–Nada. Me parece que ya es suficiente demostración, ¿no crees?

Julia se fijó en que tenía la respiración entrecortada, algo que no le había ocurrido la otra vez, y también creyó ver cierto rubor en su rostro.

Estaba claro que estaba excitado y que la otra vez no lo había estado.

–Es posible –murmuró ella, tratando de no perder el equilibrio a pesar de que le temblaban las piernas.

Él se apartó de ella y fue a apoyarse en la barandilla. Julia lo siguió y se quedó a su lado.

–Te deseo –dijo apresuradamente.

Él no reaccionó; no se movió ni la miró. Siguió con la mirada clavada en el lago.

–Ferro... yo... No te estoy pidiendo nada serio. Quiero acostarme contigo, nada más. Cuando todo esto haya acabado, seguiremos cada uno con lo nuestro.

–Una simple transacción comercial –resumió con frialdad.

–Sí. ¿Qué tiene de malo?

Se puso recto, pero no la miró.

–Que a mí no me gustan esas cosas.

Fue como si la abofeteara. Se sentía humillada. ¿Acaso había malinterpretado las señales? Pero claro, no tenía nada material que ofrecerle, ¿por qué iba a interesarle? De pronto volvía a sentirse como cuando estaba en el instituto.

–Siento parecerte tan desagradable –le dijo con la rabia y el dolor que había acumulado en los últimos diez años–. Quizá debería haberte ofrecido dinero. ¿Te habría interesado más así?

Entonces sí se giró hacia ella y la miró con los ojos encendidos de furia.

–Ten cuidado, *cara mia*.

–Perdona que me ofenda que te desagrade tanto la idea de acostarte conmigo. A ti, Ferro Calvaresi, que seducías a mujeres mayores y ricas para ganar dinero y estatus.

Entonces la agarró del brazo y tiró de ella hacia sí. Por primera vez lo veía tal como era, sin sonrisas, ni gestos seductores. Tenía ante sí al hombre que se había criado en la calle, que había renunciado a la moralidad para sobrevivir.

–¿Quieres que hablemos de mi pasado? –le preguntó, lleno de furia–. ¿Crees que lo sabes todo de mí porque lo has leído en un libro? ¿Te gustó la parte en la que cuenta que me acosté con una mujer en el guardarropas de un teatro mientras su marido la buscaba? Es mi preferida.

Julia meneó la cabeza, consciente de que se había excedido.

–Ferro, yo no...

–No tienes ni idea. Solo sabes la versión más endulzada de la historia. La de un playboy sin conciencia que conseguía regalos de mujeres ricas gracias a sus dotes sexuales. Muy bonito comparado con la realidad.

–No puede ser.

–Claro que puede ser, Julia. Yo no era ningún seductor. Esas mujeres me pagaban para que me acostara con ellas. Era un gigoló. Vendía mi cuerpo al mejor postor y hacía todo lo que me pedían, quisiera o no.

–Pero... Eso no es...

–¿Crees que exagero? No lo hago. Cuando tenía dieciséis años, una mujer llamada Claudia me sacó de la calle y me ofreció comida y cama a cambio de un poco de diversión. Yo llevaba cuatro días sin comer y estaba buscando trabajo, pero apenas me mantenía en pie. Lo primero que hizo fue invitarme a comer y después de eso... ¿Cómo iba a negarle nada? Me convertí en su protegido, una especie de mascota que obedecía sus órdenes sin rechistar. Pero eso no era todo lo que ella pretendía. Quería ganar dinero a mi costa, así que me ofreció también a sus amigas, todas ricas y casadas. Me enseñó inglés y todo lo necesario para ser un buen acompañante. Me entrenó como a un perrito.

Julia tragó saliva. Se le había revuelto el estómago.

–¿Quieres que pare?

Ella asintió. No quería saber nada más. Hasta hacía un instante, Ferro había sido una fantasía, pero ahora le parecía demasiado real y se sentía sucia solo de oír todo aquello. ¿Cómo debía de sentirse él?

–Pues lo siento mucho porque ahora vas a tener que escuchar cómo fueron las cosas realmente. Yo daba sexo a cambio de dinero y lo hacía bien. También escuchaba hablar a aquellas mujeres, esposas de hombres poderosos que sabían mucho de inversiones. Así que aprendí a multiplicar lo que ganaba, pero después de un tiempo me di cuenta de que no merecía la pena lo que me pagaban y dejé de hacerlo. Ya ves, ya no estoy a la venta, ni obedezco las órdenes de nadie. Soy un hombre , con necesidades y deseos propios.

Julia asintió antes de darse media vuelta y alejarse de él. Cruzó el salón de baile sin levantar la vista del suelo y sin poder dejar de temblar. Qué fácil había sido utilizar lo que había creído saber de él para juzgarlo y para utilizarlo contra él. Estaba destrozada.

Ferro era un hombre orgulloso, pero durante años le habían arrebatado todo su orgullo y su dignidad.

Ya no lo veía como el mujeriego seductor que todo el mundo creía que era. Había sido una víctima. Jamás habría imaginado semejante realidad.

Y ella lo había insultado. Lo había tratado como un objeto que pudiera comprar, pero, ahora que lo sabía todo, comprendía que la odiara.

Creía comprender su sufrimiento porque también ella sabía lo que era que intentaran quitarle algo que no quería dar. La diferencia era que Ferro lo había sufrido durante años.

Se metió al ascensor y subió a la habitación, pero cuando metió la tarjeta, la puerta no se abrió. Lo intentó una y otra vez.

–¡Vamos, vamos! –exclamó con frustración–. ¡Ábrete de una vez!

Estaba pateando la puerta cuando se oyó que llegaba el otro ascensor y, unos segundos después, apareció Ferro. Fue hasta ella, con la mirada clavada en sus ojos, y se detuvo a solo unos centímetros de su rostro.

Entonces la agarró de la cintura y tiró de ella hacia sí.

–Ahora ya sabes todos mis secretos –le susurró mientras le acariciaba los labios con la yema del dedo.

Ella asintió lentamente.

–Has roto la norma de no confirmar ni negar.

–He roto también otra.

–¿Cuál?

–La de no permitirme sentir deseo.

–¿Deseo... sexual?

–Eso es, Julia. Nunca he tenido una amante. He tenido clientas, pero no amantes. Nunca he estado con una mujer de mi propia elección. En esas situaciones, aprendí a no ser más que un cuerpo; no pensaba, ni sentía, así que era como si no fuera mi cuerpo.

–¿Y ellas te decían lo que debías hacer?

–No. Se me da muy bien adivinar los deseos de los demás, saber lo que quieren en cada momento –bajó la mirada un instante–. Lo que no sé es lo que quiero yo. Nunca me he parado a preguntármelo.

–¿Y... ahora?

–Quiero estar contigo –la miró de nuevo a los ojos–. Pero con mis condiciones. Quiero acostarme contigo hasta que termine todo el asunto de Barrows. Después, si te parece bien, puedes obtener una mayor parte de los beneficios.

–No –dijo ella enseguida–. No voy a dejar que me compres. No voy a acostarme contigo solo porque te creas con derecho a hacerlo, o porque te parezca fácil por la situación en la que estamos.

–¿Has cambiado de opinión después de mi confesión? –le preguntó al tiempo que la soltaba.

–Podría decirte que no, pero estaría mintiéndote.

–Vamos adentro.

Ferro sacó la tarjeta y abrió la puerta a la primera. Julia lo siguió. Le temblaban las piernas y el corazón estaba a punto de salírsele del pecho. Seguía deseándolo con todas sus fuerzas, a pesar de todo.

–Si decides que quieres acostarte conmigo, habrá

ciertas reglas –anunció él mientras se quitaba la corbata y se arremangaba la camisa.

–¿Qué reglas?

–Quiero que aprendas a satisfacerme, que sepas lo que me gusta y lo hagas.

Debería salir corriendo. No estaba preparada para aquello. No podía acostarse con un hombre con tanta experiencia, pero que no sabía satisfacerse a sí mismo. Ella tampoco sabría hacerlo. Estaba hecha un lío. Por un lado se sentía atraída por él y por otro además sentía la necesidad de ayudarlo, de darle lo que nadie le había dado.

Debía de haberse sentido tan solo. Primero en la calle, luego acostándose con desconocidas y después en la cima del éxito. Siempre solo.

Ella también se había sentido sola. Pero ahora él la había elegido conscientemente y se alegraba de que no hubiera ocurrido simplemente porque se hubieran dejado llevar por la pasión del momento.

Quizá pudieran ayudarse mutuamente a sentirse menos solos. Aunque fuera solo por un tiempo.

Se le pasó por la cabeza la idea de decirle que era virgen, pero no quería asustarlo.

–¿Y qué es lo que quieres de mí como amante? –le preguntó.

–No voy a engañarte –anunció Ferro, caminando de un lado a otro–. Quiero que me aceptes tal y como soy. Te diré lo que me gusta, te explicaré cómo hacerlo y tú seguirás mis instrucciones. Pero para mí también es importante dar placer al otro, así que tienes suerte.

–¿Y si no quiero hacer algo de lo que me pides?

Ferro dejó de caminar y la miró fijamente.

–Ya te he dicho que para mí es importante que la otra persona también disfrute, no lo olvides.

Quería decirle que para ella también era muy importante porque era virgen y quería explicarle por qué. Pero no lo hizo.

No quería sentirse vulnerable, ni en inferioridad de condiciones. Pero entonces lo miró a los ojos y supo que con Ferro nunca se sentiría así.

–¿Y si digo que no?

–No pasa nada. Después de todo lo que he vivido, jamás querría acostarme con alguien que no quisiera acostarse conmigo. Que no me deseara como yo la deseo a ella.

En ese momento, Julia se sintió fuerte solo por ser ella, porque el modo en que él la miraba le daba fuerzas. Podía cederle el control y sabía que él la recompensaría por ello.

Sabía que Ferro nunca le haría daño físico y emocionalmente... Bueno, era su enemigo, así que entre ellos nunca podría haber una verdadera relación emocional.

Perfecto.

Respiró hondo, tenía un nudo en el estómago y el corazón en la garganta.

–De acuerdo. Acepto tus condiciones.

Capítulo 9

FERRO tuvo que apretar los puños para disimular que le temblaban las manos. El deseo que sentía por Julia estaba completamente fuera de control, excediendo todo lo que había sentido en su vida.

Se lo había confesado todo, le había contado la verdad de su pasado y aun así, ella había aceptado. Lo había aceptado a él.

–Dímelo –le pidió–. Dime que me deseas.

Julia apartó la mirada, el rostro sonrojado.

–Te lo he dicho antes.

–Ya estás incumpliendo las normas. Te he pedido que hicieras lo que yo te dijera. Dime que me deseas.

–Te deseo –afirmó, mirándolo a los ojos.

Cubrió la distancia que los separaba, la estrechó en sus brazos y dejó los labios casi rozando los de ella.

–Te voy a besar –anunció–. Y voy a hacerlo por mí. Ni por ti, ni por nadie más. Solo porque eres una mujer y yo un hombre, y te deseo como no he deseado nada ni a nadie en toda mi vida.

Su voz sonaba temblorosa, insegura, pero no le importaba. Al infierno con tanto control. Solo deseaba disfrutar de lo que estaba ocurriendo.

La miró y, por primera vez desde hacía muchos años, vio de verdad a la mujer con la que estaba. Se había acostumbrado a no verlas, pero no quería que fuese así con ella. Con ella quería sentirlo todo. Estaba excitado y no se avergonzaba de ello. No tenía que recurrir a ninguna fantasía para mantener la excitación, no tenía que fingir porque estaba donde quería estar y con la mujer que quería estar.

Recorrió sus labios con la lengua para después devorar su boca, ahogarse en ella con el mismo entusiasmo y la misma pasión con la que ella respondía.

Tenía cientos de fantasías a las que nunca había prestado atención. La única duda era cuál quería hacer realidad esa noche.

Le mordió el labio inferior y ella gimió.

–¿Te gusta?

–Sí –susurró Julia.

–Me alegro –dio un paso atrás para mirarla–. Quítate el vestido. Lentamente.

Volvió a sonrojarse, pero obedeció. El vestido cayó primero hasta su cintura y luego, por fin, al suelo. Julia se quedó allí, mirándolo, cubierta tan solo por un sencillo sostén negro, unas pequeñas braguitas a juego y los zapatos de tacón.

Sus piernas parecían infinitas. Ferro quería sentirlas alrededor de su cintura. Sí, esa era la fantasía que quería hacer realidad.

Fue él el que se acercó.

–Eres mucho mejor que guapa –le dijo, poniéndole la mano en la mejilla.

–¿Qué quiere decir eso? –a ella también le temblaba la voz.

–Que eres guapa, tremendamente hermosa, pero que además brillas por dentro. Eso es lo que hace que quiera perder el control contigo, porque quiero tocar esa luz, quiero sentir su calor.

Entonces fue ella la que lo estrechó y lo besó. Lo hizo con un ansia completamente nueva, lo deseaba, pero no como lo habían hecho las otras mujeres con las que había estado.

Ella era dulce e increíblemente sensual.

Le desabrochó el sujetador y después recorrió su espalda con las manos hasta llegar al elástico de las braguitas. Metió las manos por debajo y le agarró las nalgas.

Nada podría haberlo detenido en aquellos momentos, pues se había lanzado a una aventura que quería vivir hasta el final. Aunque sabía que no le esperaba nada bueno.

Pero no importaba, lo único que importaba era ella y lo que estaban haciendo.

Se apartó solo lo necesario para que el sostén cayera al suelo y poder mirarla. Era perfecta. Bajó la cabeza y le acarició un pezón con la lengua, saboreándola y disfrutando de su placer, del modo en que arqueaba la espalda y lo agarraba del pelo como si no soportara la idea de separarse de él.

Todo lo que le había repugnado con otras mujeres, con ella le daba placer y avivaba aún más su deseo.

Era como si dentro de él se hubiese despertado una bestia que, tras más de diez años de celibato, estaba muy hambrienta. La chupó un poco más antes de prestar atención al otro pecho.

Pero con eso no le bastaba. Se puso recto para volver a su boca mientras la abrazaba y la apretaba contra su pecho. Ella gimió y le clavó las uñas en el cuello, pero no dejó de besarlo en ningún momento. El dolor no hizo sino aumentar el placer.

La llevó junto a la cama y le pidió que se tumbara, cosa que hizo de inmediato.

–Separa las piernas.

Volvió a obedecer. Él se arrodilló en la cama y pasó una mano por encima de sus braguitas.

Julia tenía la sensación de estar a punto de explotar. El placer que sentía dentro no dejaba de crecer y amenazaba con invadirla por completo.

No debería obedecer a sus órdenes de ese modo. Debería haber estado harta de hombres dominantes. Pero con él no era así porque lo había elegido ella y no tenía que preocuparse por no saber hacer algo, Ferro le explicaría cómo hacerlo con exquisitas instrucciones que no dudaría en seguir.

Sí, le gustaba que él le diera órdenes.

Coló los dedos bajo la tela y encontró su humedad. Casi sintió vergüenza de que viera hasta qué punto lo deseaba, pero entonces lo miró y vio la prueba de su erección bajo los pantalones y se olvidó de la vergüenza.

Él también la deseaba. Quería que fuera su amante, algo que no había querido con ninguna otra mujer. Ni por su dinero, ni su poder, ni porque su madre le hubiese pagado y sintiera que ella se lo debía.

Le había dicho que era más que hermosa, así que tampoco era solo por su cuerpo.

Se le llenaron los ojos de lágrimas, unas estúpidas lágrimas que se esforzó en espantar y, para ello, se concentró en las sensaciones que invadían su cuerpo con cada movimiento de sus dedos.

Entonces le metió uno y de sus labios salió un grito ahogado. Nunca había sentido nada tan maravilloso. ¿Quién habría pensado que podría descubrir algo así con un hombre que ni siquiera le gustaba?

Aunque en realidad eso último ya no era cierto.

Recordó su primer beso.

«Bésame como si estuvieras castigándome».

–¿Este es mi castigo? –le preguntó, jadeando mientras se quitaba las braguitas y las tiraba al suelo.

–Me parece que es el mío –dijo él antes de darle un beso en el vientre, por debajo del ombligo–. Porque no creo que pueda sobrevivir.

Siguió besándola, bajando poco a poco por su vientre y separándole las piernas suavemente. Se agarró a sus muslos mientras saboreaba el rincón más íntimo de su cuerpo, torturándola con sus labios y con su lengua.

–Ah –se tapó los ojos con el brazo, incapaz de pensar o de sentir. Era tan increíble. Apartó el brazo y lo miró–. Pensé que... que era yo la que iba a hacerte disfrutar a ti.

Él levantó la cabeza y la miró.

–Estoy disfrutando –sacó la lengua y, sin dejar de mirarla, volvió a chuparla–. Más de lo que crees. Porque te deseo y te he elegido –volvió a bajar la cabeza para seguir volviéndola loca, pero ahora además le metió un dedo mientras la chupaba más fuerte y más rápido.

La sensación era tan intensa que Julia sabía que no podría soportarla mucho más tiempo. Y justo cuando pensaba que iba a romperse, Ferro hizo un movimiento con la lengua que hizo estallar definitivamente el placer dentro de ella, arrastrándolo todo. Cambiándolo todo.

Perfecto.

Tenía ganas de llorar. Por fin sabía lo que debía ser el sexo. Nada que ver con la violencia, ni con manos que trataban de abrirse camino a la fuerza, ni con insultos.

Echó a un lado aquellos recuerdos que no tenían cabida en aquella maravilla. Aquello era completamente diferente.

Ferro se levantó de la cama para desnudarse a toda prisa.

–Creo que ahora me toca a mí –dijo, con la mano en el sexo.

Julia se mordió el labio inferior y asintió, consciente de que estaba aprendiendo del mejor.

–Por favor, dime que tienes preservativos –le suplicó, repentinamente aterrada.

–Había en la mesilla, cortesía del hotel.

Sacó uno del cajón y se lo dio a ella para que se lo pusiera. Julia no podía negárselo. Porque era una orden y porque intuía que detrás de cada una de esas órdenes, había una desesperación que no alcanzaba a comprender.

Abrió el paquete, esperando que no se diera cuenta de que le temblaban las manos, colocó el preservativo en el extremo de su miembro y lo deslizó con mucho cuidado. El tacto era muy distinto a lo que había imaginado. Mucho mejor.

Y quería tenerlo dentro.

–¿Qué más quieres que haga? –le preguntó, mirándolo a los ojos, fascinada por el ardor que había en sus ojos.

–Quiero que te tumbes boca arriba y quiero que pongas las piernas alrededor de mi cintura.

Julia volvió a obedecer. Apenas sintió el roce de su miembro, su cuerpo comenzó a estirarse, a abrirse para él. Le dolió un poco, nada exagerado.

Se le cortó la respiración al tenerlo todo dentro. Seguía doliéndole, pero esa no era la sensación dominante, sino la de estar completamente unida a alguien, casi como si se hubiera convertido en parte de ella.

–Julia...

–Estoy bien –le dijo rápidamente–. De verdad, estoy bien. Por favor...

Ferro coló las manos debajo de ella, le agarró las nalgas y la levantó mientras le pedía que lo estrechara entre sus piernas. Comenzó a moverse y cada una de sus embestidas la acercaba más hacia una nueva explosión de placer.

Debería haber sido imposible después del orgasmo que había tenido, pero así era. Ferro estaba llevándola otra vez a lo más alto.

Ninguno de los dos pudo aguantar mucho más tiempo.

Julia se aferró a él y lo acompañó también en su orgasmo. Podía sentir los latidos de su corazón contra el pecho, los dos en absoluta armonía.

Solo un instante después, Ferro se apartó de ella y se sentó al borde de la cama. Hundió el rostro entre sus manos, luego se levantó y se metió en el baño, cerrando la puerta tras de sí.

Julia se incorporó en la cama, se llevó las rodillas al pecho y esperó. Al ver que no salía, agarró el teléfono y se puso a jugar, intentando no dejarse llevar por la presión que sentía en el pecho. Oyó correr el agua de la ducha y parpadeó para no echarse a llorar. Aquello era parte del aprendizaje. Ferro y ella eran amantes, nada más. Si quería levantarse de la cama sin decirle nada, podía hacerlo. No importaba.

El frío la obligó a levantarse y ponerse la ropa de deporte que se había comprado el día anterior, aunque parecía que hubiera ocurrido hacía una eternidad. O en un universo paralelo en el que los hombres sexys como Ferro la encontraban atractiva hasta el punto de acostarse con ella.

Sí, Ferro la había deseado, pero solo fugazmente.

La cama olía a él. A sudor y a sexo. Deseó que volviera y se tumbara a su lado, que la abrazara, porque de pronto sin él se sentía más sola de lo que se había sentido nunca.

Por un momento, mientras estaba con él, había creído poder separar por fin y para siempre la agresión de Michael de lo que era realmente el sexo. Y así había sido, el problema era que también había descubierto que todo era mucho más complejo de lo que ella habría imaginado.

Mientras contenía las lágrimas se dio cuenta de que se sentía tan distinta. Algo había cambiado dentro de ella. Maldito Ferro.

Entonces se abrió la puerta del baño y Julia no pudo hacer nada más que seguirlo con la mirada. Le vio quitarse la toalla que llevaba alrededor de la cintura y ponerse un pantalón de deporte que ocultó el objeto de su fascinación, aquel trasero perfecto. Después se dio media vuelta y fue hasta el sofá sin mirarla en ningún momento. Sin decir nada. Se tumbó de lado, dándole la espalda.

¿De verdad se iba a dormir en el sofá como si no hubiera ocurrido nada entre los dos?

Abrió la boca para decir algo, pero no se atrevió porque no se sentía capaz de afrontar la humillación.

Se sentía utilizada.

Había sido muy tonta al pensar que no sufriría ninguna repercusión emocional después de acostarse con él. No había imaginado que pudiera sentirse tan rechazada y herida por que no quisiera dormir con ella.

Se obligó a tumbarse, pero, por mucho que se esforzara, no podría obligarse a dormir.

Capítulo 10

FERRO siguió a Julia al interior del avión. Estaba tensa, tan rígida como un soldado. Y no lo había mirado ni una sola vez. Seguramente se lo merecía por no haber manejado la situación de la noche anterior como a ella le habría gustado. Pero le había dado mucho placer.

–¿Hay algún problema, Julia? –le preguntó en cuanto se sentaron y vio que ella sacaba su ordenador.

Ella levantó la cabeza, sorprendida.

–Ah, ¿vuelves a dirigirme la palabra?

–Si eres tú la que no me hablas a mí –parecía una discusión de novios, lo cual era completamente absurdo.

Julia lo observó unos segundos antes de cerrar el ordenador y dejarlo a un lado.

–¿Por qué dormiste en el sofá anoche?

–¿Por qué no habría de hacerlo?

–Porque... ¿No se supone que dos personas que se han acostado después duermen juntas?

–Yo nunca he dormido con una mujer con la que me hubiera acostado.

–Pero tampoco habías tenido una amante. Se suponía que era algo distinto.

–Solo en que era yo el que elegía y controlaba la situación. Nada más.

–¿Por qué haces que parezca una desesperada solo por pedirte algo tan sencillo?

–Creo que ayer no escuchaste nada de lo que te dije –dedujo, con una presión en el pecho que aumentaba a cada momento, la misma que había sentido la noche anterior después de acostarse con ella.

Le había excitado descubrir que era virgen, pero eso le hacía tan malo como las mujeres que lo habían utilizado. Peor, porque al menos ellas le habían dado algo a cambio.

Él también tendría que compensar a Julia por haberle entregado su inocencia.

–Claro que lo escuché –aseguró ella.

–Pues parece que no lo entendiste. Si querías ternura y sentimientos, deberías haberte buscado a otro que fuera capaz de darte esas cosas. Yo ni puedo, ni quiero. Quiero hacerte llegar al orgasmo, ahí acaba todo. Si no puedes aceptarlo, no merece la pena que te abras de piernas para mí.

Ella lo miró con el rostro enrojecido de furia, no de vergüenza. Bien. Ferro pensaba que la rabia eliminaría el dolor que sentía. No se le había ocurrido otra solución, porque él no sabía ofrecer consuelo.

–Sabía que lo único que iba a hacer contigo era aprender. Que no querrías nada más de mí. Pero esperaba que al menos me trataras con un poco de respeto.

Resultaba irónico que hablara de respeto después de admitir que lo había utilizado para aprender. Lo había utilizado igual que todas las demás.

Pero también él la había utilizado a ella. Había utilizado su dulzura y su inocencia como bálsamo para su maltrecha alma.

–Yo no soy el hombre que necesitas, Julia, ni siquiera para algo temporal. No voy a seguir enseñándote –espetó–. Seguiré trabajando contigo, pero esto se ha acabado.

–Me parece bien porque no habría dejado que volvieras a tocarme después de cómo me trataste anoche.

–Entonces estamos como antes. Apenas nos soportamos, pero tenemos que trabajar juntos porque los dos salimos ganando. No hemos perdido nada. Excepto tu virginidad.

Ferro no sabía qué demonios se había apoderado de él que hacía que la tratara así. Solo sabía que tenía que frenar lo que había empezado a sentir la noche anterior.

–Gracias por sacarlo a relucir. Muy elegante por tu parte.

–Deberías habérmelo dicho.

–¿Por qué iba a decírtelo? Dijiste que solo sería una aventura. Tú querías saber lo que era tener el control de la situación y yo quería aprender del mejor. Así es la vida. Todos hacemos las cosas para ver qué provecho podemos sacar de ellas. Esas mujeres se aprovecharon de ti, pero tú también las utilizaste a ellas para conseguir dinero.

–La diferencia es que yo solo tenía dieciséis años y estaba muerto de hambre. Empecé a hacerlo pensando que no sería difícil; solo tenía que acostarme con mujeres, lo que para un adolescente no parece ningún esfuerzo. Además, todavía era virgen, así que casi me resultaba tentador. Pero no tardé en darme cuenta de todo lo que tendría que hacer. Es imposible que lo comprendas, Julia, porque nunca has llegado tan lejos como para tener que venderte. Cada vez que me tocaban era como si me arrancaran la piel... Al final, no soportaba ni que me rozaran. Era una tortura.

Julia bajó la mirada. Se había disipado parte de la furia al imaginarlo con solo dieciséis años y metiéndose en algo cuyas repercusiones no podía saber.

–Cuando se empieza es muy difícil dejarlo –siguió explicándole–. Porque ningún otro trabajo me habría dado tanto dinero en tan poco tiempo.

–Ferro... Sé que anoche no me utilizaste porque, aunque lo de después no me gustó, durante el sexo me sentí deseada y saciada de placer. Espero que tú tampoco te sintieras utilizado. Aunque no me creas, puedo comprender ese dolor.

–Entonces quizá debamos poner fin a la conversación –opinó bruscamente.

–De acuerdo –no quería que le contara nada sobre su vida, así que era mejor no hacerlo. De todos modos, aquello se había acabado.

Julia suspiró y clavó la mirada en el ordenador, deseando pasar el resto del viaje en silencio. La suya era una relación profesional, debía recordarlo. Era hora de volver a California, a la vida real y al trabajo.

–Necesito ver tus propuestas para Barrows lo antes posible.

Julia miró el ordenador, como si eso fuera a ayudarla a comprender aquella repentina llamada de Ferro. Era como si hubieran retrocedido en el tiempo y volviera a ser el molesto Ferro de siempre. No sabía muy bien qué pensar. Por una parte era agradable pensar que podían borrar lo que había sucedido en Alaska simplemente fingiendo que no había ocurrido. Pero, por otra parte, en la semana que había pasado desde que habían regresado, prácticamente no había podido pensar en otra cosa.

De pronto era más consciente de su propio cuerpo. Se excitaba con solo ducharse porque el roce del agua le recordaba el modo en que la había tocado Ferro. Recordaba su boca en...

–¿Por qué no vienes a mi...? –comenzó a decirle, tratando de contener la frustración.

–No, mejor ven tú a la mía. Te veo dentro de dos horas. Pediré que nos traigan comida y café –y colgó.

Julia se quedó con el teléfono en la mano, intentando ordenar sus pensamientos. Iba a verlo por primera vez desde que habían vuelto.

¿Por qué habría retomado el comportamiento de antes del viaje, de antes del sexo? Probablemente por el mismo motivo por el que se había encerrado aquella noche en el baño durante casi una hora antes de tumbarse en el sofá y dormirse sin decirle ni una palabra.

Iba a tener que mantener el tipo y actuar como si nada hubiera ocurrido. Sería capaz porque había aprendido a hacerlo para protegerse de cosas como aquella.

Era momento de ponerse el disfraz y jugar.

Ferro no sabía muy bien qué esperar de Julia cuando entró en su despacho quince minutos más tarde de la hora acordada.

Llevaba un suéter negro con volantes en el cuello, unos largos pendientes de plumas, también negras, una falda de tubo del mismo color y unos altísimos tacones de aguja. Se había recogido el pelo en un estricto moño del que no se escapaba ni un mechón y, en lugar de carmín rojo, en los labios llevaba un tono cereza muy oscuro, casi tanto como la gruesa raya negra con la que se había maquillado los ojos. La señorita Julia Anderson se había puesto toda su coraza.

–Hola, Ferro. Espero que estés teniendo un buen día. Traigo muchas ideas para el sistema de navegación –sacó la tableta del bolso de cuero negro, por supuesto y se puso a hablar con entusiasmo.

Todas sus ideas eran buenísimas. Julia parecía comprender perfectamente lo que necesitaría cualquier usuario de un navegador. A él le resultaba mucho más difícil. Quizá porque le costaba entender a los demás. Al menos a las personas normales.

Pasaron las siguientes horas retocando su diseño, ajustando ciertos parámetro, discutiendo y peleándose de vez en cuando por cosas que uno consideraba necesarias y el otro no.

Ferro no recordaba la última vez que había disfrutado tanto trabajando. Y todo era por ella. Julia sentía tanta pasión por lo que hacía que acababa siendo contagiosa. La misma pasión que había demostrado tener también en la cama.

No, no iba a pensar en eso. Había decidido olvidar que había ocurrido porque había abierto muchas puertas que no quería que se abrieran, había despertado demasiados fantasmas.

Y casi había llegado a creer que podría merecer la pena intentarlo. Casi.

–Es un diseño magnífico –reconoció Ferro cuando por fin lo dieron por terminado, intentando que no se le notara que se moría de ganas de tumbarla sobre la mesa y repetir la experiencia de acostarse con una mujer a la que deseaba. Tanto que ardía por dentro.

–Seguro que se quedan con nuestra propuesta –vaticinó ella–. ¡Es perfecto! ¡Sencillamente perfecto!

–Entonces ya está –se puso en pie y comenzó a recoger los envases de la comida china que habían almorzado horas antes. Necesitaba algo en lo que ocupar las manos para no tocarla. Ella era delicada como la porcelana y no quería romperla con unas manos endurecidas por los años que había pasado en la calle. Había sido un tonto al creer que podría tocarla sin romperla.

Un tonto por pensar que podría jugar con el sexo y salir indemne. Era imposible. Por eso había optado por la abstinencia absoluta después de escapar de Roma. Hasta que había aparecido Julia.

Pero no iba a volver a hacerlo, al menos con ella. Encontraría a otra mujer que no supusiera semejante desafío.

–¿Ya está? –repitió ella, con los ojos muy abiertos.

–Sí. Ya solo queda presentárselo a Barrows. Podemos hacerlo en persona la semana que viene y, hasta entonces, volver cada uno a nuestro trabajo.

Julia se quedó mirándolo, con los labios ligeramente abiertos y las mejillas sonrojadas. Y entonces alargó el brazo y lo agarró de la corbata.

Capítulo 11

JULIA no comprendía qué le había pasado. Solo sabía que se había pasado el día buscando cualquier indicio de que Ferro recordaba haber compartido con ella los momentos más intensos e íntimos de su vida. Pero no lo encontró.

Se había mostrado frío, con ese falso aire de seductor que nunca había conseguido que se creyera. Intentaba pasar de nuevo por el mujeriego encantador que la prensa afirmaba que era. Como si ella no supiera la verdad. Como si no le hubiera contado que nunca había tenido una amante que no le pagara. Como si no hubiera sido precisamente ella su primera amante.

Y se había hartado. Había sido entonces cuando se había olvidado de todo y lo había agarrado de la corbata.

Al ver que abría la boca, aprovechó para tirar de él y estamparle un beso en los labios. Le metió la lengua y lo devoró sin compasión. A modo de castigo.

Él la abrazo y la apretó contra sí, dejándole que sintiera la prueba irrefutable de su excitación.

Le aflojó el nudo de la corbata, se la quitó y la tiró al suelo. Después le desabrochó la camisa y continuó sin preguntarle, ni mirarlo a la cara.

Podría detenerla si deseaba hacerlo. Desde luego ella no iba a parar voluntariamente. Deseaba estar con él y no iba a dejar que se escondiera tras ese personaje que se había inventado. Su deseo era tan intenso que se olvidó del miedo que siempre la había frenado y se sintió libre. Maravillosamente libre.

Esa vez no seguía órdenes, pero no temía ser torpe y, cuando lo miró a la cara y vio el modo en que la miraba, tampoco temió que la rechazara.

Se deshizo de la camisa y le besó el pecho, jugueteó con su pezón; lo mordisqueó y lo lamió mientras él se estremecía de placer. Sus reacciones nada tenían que ver con cómo había reaccionado a su primer beso. Entonces se había mostrado tranquilo, completamente calmado, sin embargo, ahora tenía el corazón acelerado y una evidente erección. No podía fingir que la noche que habían pasado juntos no había cambiado nada.

No podía fingir que tenía la situación bajo control.

Ahora era ella la que la controlaba, pero lo único que quería hacer con ese control era darle placer a Ferro.

Se arrodilló frente a él y comenzó a desabrocharle el pantalón. Le temblaban las manos porque no había hecho nunca lo que estaba haciendo, pero quería hacerlo. Lo habría hecho aquella noche en Alaska, si él no se hubiese ido al sofá.

–La noche que estuvimos juntos no me dejaste hacer realidad todas mis fantasías –le confesó al tiempo que le pasaba la mano por el miembro, aún tapado–. Pero ahora no vas a poder impedírmelo.

No sabía de dónde había sacado tanta seguridad en sí misma, ni quién era esa mujer, pero le gustaba. Y, al agarrar su sexo con la intención de chuparlo, se dio cuenta de que esa mujer era ella. La de verdad.

Él le retiró la cabeza para que pudiera mirarlo.

–¿Crees que no puedo? –le preguntó, casi jadeando.

–Te tengo en mis manos –lo apretó ligeramente y el jadeo se convirtió en gemido–. Eres todo mío, Ferro Calvaresi.

Por fin le bajó los calzoncillos y recorrió con la lengua toda la longitud de su miembro. La sensación le provocó un escalofrío. Nunca se había sentido tan fuerte y poderosa. Ni tan cómoda consigo misma. A pesar de la postura, sabía que era ella la que tenía el control y se alegraba de que Ferro hubiese podido renunciar a ello.

Ferro miró a Julia y supo que estaba perdido. No podía pensar, ni respirar. Nunca nadie le había hecho lo que ella estaba haciéndole. Nadie le había dado tanto placer sin recibir nada a cambio. Pero ella lo hacía como si pudiese disfrutar de su placer, como si estuviera tan perdida como él.

–Ya, ya –le suplicó–. No voy a poder aguantar, Julia.

Ella se apartó y comenzó a quitarse la ropa sin dejar de mirarlo a los ojos.

–Está bien.

Ferro se acercó para ayudarla a desnudarse.

–No tengo protección.

–Yo sí.

–¿Ah, sí?

–Ha sido Thad –explicó–. Me ha metido varios

preservativos en el bolso y no he podido decirle que nosotros no... porque él cree que sí . Además ahora es cierto.

Una vez desnudo, Julia se acercó y le pegó un pequeño empujón que lo tumbó sobre su butaca. Ella se quitó el sostén y la falda, con lo que se quedó en braguitas y tacones.

Un día había pensado que con una imagen más sexy no le habría atraído, pero ahora sabía que se había equivocado. Así también le gustaba. Se quitó las braguitas, pero Ferro le impidió que hiciera lo mismo con los zapatos y a ella no pareció importarle.

Le colocó el preservativo con manos torpes y temblorosas.

–Espero que pueda hacerlo –le dijo mientras apoyaba una rodilla en el asiento de la butaca, junto a su muslo. Después hizo lo mismo en el otro lado.

Ferro se agarró el sexo y lo dirigió hasta el de ella, donde entró lentamente.

–Ah, sí que puedo –anunció Julia, con una sonrisa en los labios.

La abrazó mientras se movía sobre él. Después levantó la cara y le chupó un pezón hasta hacerla gritar de placer, lo que no hizo sino aumentar su propia excitación.

Solo podía sentir y era como si todo su ser, cuerpo, mente y alma, volviera a ser uno, como si se fundiera gracias a su calor y a su pasión.

Julia alcanzó el orgasmo con su nombre en los labios y él no pudo hacer otra cosa que seguirla, vaciarse por completo. Cuando todo terminó, se dispuso a moverse, pero Julia le apretó contra sí.

–No. No te vayas. Por favor.

–Julia...

–Te necesito.

Como nunca nadie lo había necesitado antes, se quedó junto a ella.

Julia no podía creer que acabara de seducirlo en su despacho, sin cerrar la puerta con llave ni nada parecido. Después le había suplicado que no se fuera de su lado y se había aferrado a él como si fuera un koala.

Algo había cambiado para ella, del todo y para siempre. Y si a él no le había pasado lo mismo... era una mierda.

–Yo... no sé que... –se puso en pie y a punto estuvo de caerse porque las piernas no la sostenían.

–Nunca pidas perdón por tu pasión, Julia –le dijo él, observándola desde la butaca, aún desnudo.

–Esto es muy incómodo. No sé qué decir. Te he atacado.

–Te voy a proponer algo –anunció Ferro–. Te enseñaré todo lo que quieras, pero a cambio quiero que aceptes un mayor porcentaje de los beneficios del proyecto Barrows.

–No. No voy a aceptar nada parecido –declaró tajantemente mientras se ponía la ropa.

–Pero yo necesito que lo aceptes. A cambio de eso, serás mi amante.

–Ya lo hablamos en Alaska.

–Y tampoco has cumplido lo que acordamos allí y eso no puedo aceptarlo yo. Pero tampoco puedo contener el deseo que siento por ti, lo que quiere decir que tenemos que dejarnos llevar por la atracción, pero tengo que recuperar el control.

–No sé si puedo hacerlo, Ferro. Yo estaría contigo a cambio de nada.

–Todo tiene un precio, *cara mia*. Así es la vida.

En sus ojos había una terrible frialdad, aunque unos minutos antes habían ardido de pasión.

–Utilízame, Julia. Te lo estoy ofreciendo voluntariamente.

–¿Y tú me utilizarás a mí?

–Sí, pero aun así no será justo porque yo tendré el poder y te daré las instrucciones, por eso quiero darte lo que te corresponde por permitirme hacerlo.

–Te lo permito porque quiero y porque es parte del aprendizaje.

–Todo esto se me escapa de las manos –reconoció Ferro–. Te deseo tanto que no sé qué hacer. Nunca había sentido nada igual. Todo lo que he hecho ha sido siempre para sobrevivir. Empecé a comprar cosas para mi casa o para el despacho porque podía permitírmelas, pero no las deseaba, solo deseaba lo que representaban, porque significaban que podía tener lo que tenían aquellas mujeres tan superiores a mí. Pero no lo deseaba, siempre he odiado todo este lujo sin sentido –agarró un busto de escayola que había sobre la mesa y lo tiró al suelo con fuerza–. Sin embargo a ti sí te deseo. Eres lo primero que he deseado de verdad en mi vida y no me importa lo que tenga que hacer para poder tenerte.

Aunque la frialdad no había desaparecido de sus ojos, se veía en el fondo un pequeño fuego que parecía tratar de derretir el hielo.

–¿Tanto crees que te voy a costar?

–Sí, pero no me importa. ¿Por qué quieres estar conmigo? ¿Cómo es posible que quieras tocarme siquiera después de todo lo que he hecho?

–Porque no es así como yo te veo, Ferro. Piensas que soy inocente porque era virgen, pero no es así. Yo era virgen porque siempre había tenido miedo, pero no del sexo, sino por tener que confiar tanto en alguien como para acostarme con él.

Había creído que sería perfecto acostarse con Ferro porque no tendría que darle nada más que su cuerpo, pero ahora sabía que nunca sería suficiente con eso.

–Cuando... cuando estaba en el instituto se me ocurrió que me gustaría ir al baile de graduación. Mi madre estaba entusiasmada porque era la primera vez que hacía algo medianamente «normal». En lugar de hablar de chicos y de ropa, yo me pasaba el día creando juegos y jugando a las batallas con otros raros como yo. Como te puedes imaginar, los chicos no hacían cola para salir conmigo. Sin embargo, poco antes del baile, Michael Coleman me pidió que fuera con él y yo acepté. Michael era guapo y popular así que pensé que era demasiado bonito para ser cierto. Y lo era.

Tragó saliva para tomar fuerzas porque no pensaba que fuera a resultarle tan duro contarlo. Nunca lo había compartido con nadie, al menos la historia al completo.

–Pasamos horas para elegir el vestido y al final fui completamente de rosa, como un chicle. Michael y yo bailamos y lo pasamos bien, pero después... cuando nos montamos en la limusina que nos habían alquilado mis padres, él empezó a besarme. Nunca me habían besado y me pareció que iba muy deprisa, así que le pedí que parara, pero no lo hizo. Me rompió el vestido y me agarró los pechos. Era muy bruto, me hacía daño. Me miraba como si estuviese enfadado conmigo, cosa que comprendí cuando me dijo que debería darle las gracias por haber salido conmigo porque ningún otro habría querido hacerlo, a menos que le hubiese pagado mi madre, como a él. Así que merecía una compensación. Entonces me metió la mano entre las piernas y yo le pegué con todas mis fuerzas. Él me insultó y me devolvió el golpe. Por suerte en ese momento el conductor se dio cuenta de que ocurría algo, bajó el cristal de separación y me dijo que me montara delante con él. No llamó a la policía, ni nada.

–*Dio*, Julia, es terrible.

–Por eso no pienso que tú hicieras nada malo, Ferro. Sé lo que es que alguien se comporte como si tuviera derecho a poseerte y a abusar de ti. Esa mujer abusó de ti y seguramente te convenció de que deberías haberle dado las gracias, igual que intentó hacer Michael conmigo. Lo cierto es que, si hubiera querido ayudarte realmente, podría haberte dado el dinero o haberte conseguido un trabajo, pero eligió acostarse con un muchacho de dieciséis años sin un lugar donde vivir. Quiero que sepas que, cuando te miro, veo a un hombre que se ha ganado todo lo que tiene con esfuerzo y que no merece que lo juzguen o lo identifiquen por lo que se vio obligado a hacer para sobrevivir.

–Me gusta que pienses así, pero yo no consigo verlo de ese modo.

–Es normal.

Ferro se inclinó hacia ella.

–Yo mataría a ese Michael. Y a él y a cualquier que se atreviera a hacerte daño. Lo mataría.

–Te creo.

–Es importante que lo sepas.

Sintió ganas de llorar porque veía que a Ferro le importaba de verdad.

–Eres un buen hombre, Ferro Calvaresi.

–No, Julia. No quiero que te engañes. Por eso necesitamos esas reglas.

–Las acepto, pero tú tienes que aceptar las mías.

–¿Cuáles son?

–No quiero que te vayas después de que nos acostemos. Quiero dormir contigo. Lo necesito.

Ferro la observó unos instantes, como si no quisiera disgustarla.

–Me quedaré en la cama contigo hasta que te duermas, pero no creo que pudiera dormir con nadie.

Julia asintió, aunque no le gustaba del todo la idea.

–No quiero que despliegues tus encantos conmigo –prosiguió–. No soy una de tus clientas. Quiero que te comportes tal como eres.

–Haré lo que pueda, pero no sé si será suficiente. Me he acostumbrado a no sentir, a separar el cuerpo de la mente y no sé si voy a ser capaz de dejar de hacerlo.

–Quiero que me dejes intentar ayudarte –le pidió Julia, con el corazón encogido.

–Puedes ayudarme. Nunca había sentido nada tan intenso como lo que siento contigo –le tendió una mano y ella la aceptó de inmediato–. Bésame.

Julia obedeció.

–Quiero que esta noche te vengas a casa conmigo.

Parecía una orden, pero Julia sabía que podía elegir. Eligió hacerlo, aunque sabía que era poco práctico porque no tenía sus cosas, pero no le importó. Lo único que le importaba era estar con Ferro.

–Trato hecho.

Tenía la impresión de acabar de pactar con el diablo, pero tampoco le pareció mal. Y lo más extraño era que ya no se sentía atrapada. Ni por la prensa, ni por el pasado.

Se sentía libre.

Capítulo 12

CUANDO Ferro llegó a su casa del trabajo, Julia estaba allí y era la cuarta noche seguida. La cuarta noche que cenaban juntos en la cama.

Esos últimos días estaban siendo increíbles. Julia lo tenía fascinado, pero seguramente era porque era su amante, pero desde que le había contado lo del baile de graduación, sentía un intenso deseo de protegerla, algo que nunca había sentido por nadie. Y sentía una extraña conexión con ella.

Pero todo en aquella relación era extraño.

–Hace una noche preciosa –Julia se levantó de la cama y se acercó a las ventanas que daban al mar. Estaba desnuda y no le importaba en absoluto. Parecía sentirse cómoda con él tanto desnuda como vestida.

–¿Te gustan las estrellas? –no sabía por qué se lo preguntaba, por qué sentía la necesidad de compartir aquello.

En su vida no había habido nadie con quien compartir nada, ni cuidadores, ni familia, ni amigos. Sin embargo Julia, con su alegría y su pasión por la vida, siempre compartía su sonrisa con él. Por eso ahora él quería compartir algo personal.

–Me encantan.

–Entonces puede que te apetezca venir a la azotea a ver mi telescopio.

Julia enarcó las cejas y sonrió.

–¿Intenta seducirme, señor Calvaresi? Debo decirle que no es necesario que se esfuerce. Te dije que no desplegaras tus encantos conmigo, pero me temo que ya estoy encantada.

Ferro habría querido advertirle del peligro, pero quería que siguiera mirándolo como lo hacía.

Subieron a la azotea agarrados de la mano, otra cosa nueva para él. Ferro le contó que siempre le había gustado observar las estrellas, desde la época en la que había vivido en la calle, y que estaba convencido de que muchas veces lo habían ayudado a no perderse.

–Estaba muy solo, Julia, así que el cielo y las estrellas eran mis acompañantes –terminó de contarle.

–No me extraña que te sintieras solo.

–Gracias por entenderlo –la comprensión de Julia era muy valiosa para él porque también era algo nuevo.

Le fue mostrando las constelaciones y ella las observaba atentamente, agarrada al telescopio, completamente desnuda.

–Eres una fantasía hecha realidad, Julia. Una mujer con ese cuerpo a la que le gusta mirar las estrellas.

Ella levantó la mirada hacia él y sonrió.

–Y un hombre con ese cuerpo que comprende lo fascinante que es un procesador de ocho núcleos.

–Me encanta cuando hablas como una loca de la tecnología.

Julia se echó a reír y él fue a abrazarla, echando la manta que había subido de la habitación por encima de los dos.

–¿Es maravilloso? –susurró ella.

–¿Orión?

–Sí, Orión, tu casa, esta azotea, lo que has hecho con tu vida. Es increíble todo lo que has conseguido. Ahora que ya no te veo como un enemigo, me doy cuenta de lo admirable que es.

–Cuando esto acabe, volveremos a ser competidores –le recordó Ferro.

–Lo sé –reconoció con tristeza–. Pero nunca más serás mi enemigo. Aunque yo lo sea para ti.

Ferro le puso la mano en la mejilla y la miró a los ojos. Deseaba prometerle tantas cosas, deseaba volver a ser una persona completa, como se había sentido en ese instante, después de hacer el amor con ella en el despacho. Pero no dijo nada. Se inclinó y la besó porque era lo que sabía hacer.

–Eres, sin lugar a dudas, lo más bonito que he visto bajo el cielo –le dijo después de besarla una vez más.

–Eres un hombre increíble, Ferro. No sabes cuánto me gustaría transmitirte lo que siento para que pudieras darte cuenta de lo increíble que eres.

Al sentir su honesta mirada sobre él, Ferro se sintió desnudo, expuesto como no se había sentido nunca.

Volvió a besarla y, al mismo tiempo, bajó la mano hasta sus muslos, la coló entre ellos y acarició aquella deliciosa humedad hasta que las palabras de Julia, que había pronunciado su nombre, dieron paso a los gemidos. Le acarició el clítoris mientras observaba la expresión de su rostro, invadido por el placer. La llevó hasta el sofá que había en la azotea y, apenas se hubieron tumbado, se sumergió en su cuerpo. Se perdió de nuevo en ella y se sintió más en paz y más completo de lo que se había sentido nunca.

El orgasmo no tardó en llegar para ambos. Después se quedaron abrazados bajo las estrellas.

–Deberíamos entrar –dijo él.

–Tengo mucho sueño y aquí se está muy bien. ¿Por qué no dormimos aquí?

Ferro notó un nudo de pavor en el pecho.

–No me gusta pasar frío.

–Yo te daré calor.

–Julia –se sentó en el sofá–. No he vuelto a dormir a la intemperie desde que tuve dinero para dormir siempre a cubierto.

–Pero ahora no estás en la calle, Ferro. No estás en Roma, ni estás solo –se sentó a su lado y lo abrazó por detrás–. Te prometo que no dejaré que pases frío.

Ferro se relajó un poco y dejó que Julia lo tumbara a su lado. Miró las estrellas con ella acurrucada en su pecho, bañado por el calor de su cuerpo.

Un calor que espantó el frío y el miedo. Se quedó dormido.

Al día siguiente, sentado en su oficina, Ferro se dio cuenta de lo que había hecho. Había estado tan ansioso por que Julia dejase de hablar y de hacerle sentir, que se había olvidado de ponerse el preservativo.

Jamás le había ocurrido nada semejante. Los anticonceptivos siempre habían sido una parte fundamental de su vida mientras había sido gigoló. Detestaba esa palabra, pero era lo que había sido y, por mucho que ahora quisiera olvidarlo y crear recuerdos nuevos junto a Julia, era la realidad. Se aferraba a Julia como si ella pudiese limpiarlo para siempre.

Más bien al contrario, se preguntaba si no habría empezado a corromperla a ella. Daba igual cómo lo viera; lo que él había hecho durante años no se borraba fácilmente.

Ese día tenían la reunión con Barrows, pero tenía que verla antes, así que salió del despacho mientras llamaba al chófer y se fue directamente a las oficinas de Anfalas.

Al verlo entrar en su despacho, Julia se levantó de un salto y le echó los brazos al cuello, con un gesto natural, como si fueran una pareja de verdad.

–No te esperaba hasta más tarde.

–No estoy aquí por trabajo, sino por algo personal.

–¿Ah, sí? –preguntó, sugerente.

–No, no es por eso –la interrumpió en tono cortante, pero enseguida se apresuró a explicárselo–. Me he dado cuenta de que anoche no me puse preservativo.

–Ah –se le sonrojaron las mejillas.

–No hay riesgo alguno de enfermedad. Siempre he utilizado preservativos y, aunque llevaba doce años sin acostarme con nadie, me hago análisis de vez en cuando. Lo que me preocupa es que te quedes embarazada.

–Claro... Bueno... no te preocupes –estaba asombrada, no comprendía cómo podían haberlo olvidado. Sin embargo no estaba horrorizada–. Pero... no quiero tomar nada.

Ferro asintió lentamente.

–Lo comprendo.

–Tengo dinero de sobra para criar a un niño –explicó ella–. Tú no tendrías que hacer nada.

–¿Crees que no querría hacerlo?

–No sé, parecías horrorizado.

–No quiero que te quedes embarazada. Tampoco quiero tener un hijo, ni contigo, ni con nadie. Pero si lo tuvieras, por nada del mundo lo dejaría de lado.

–Es una locura.

–¿Por qué? ¿Quieres estar embarazada?

–No.

–¿Pero si lo estuvieras?

–Querría a mi hijo con todo mi corazón. Pero lo más probable es que no lo esté, así que vamos a tomarnos las cosas con calma.

–Estas cosas no pueden pasar, Julia.

–De acuerdo, tenemos que ser más responsables.

–No debería haber ocurrido.

–Está bien. No volverá a ocurrir.

–Porque...

–¡Ya vale! –le gritó ella–. Deja de decir lo horrible que sería tener un hijo conmigo, por favor.

–Esto no tiene nada que ver con tus inseguridades, es algo más que eso. ¿Crees que yo podría criar a un hijo? ¿Qué le iba a enseñar? ¿Que cuando tenga problemas de dinero, se venda al mejor postor?

–Pero tú no permitirías que tuviera problemas de dinero –le dijo en voz baja.

–Pero siempre sería quien soy –Ferro perdió la mirada en el paisaje que ofrecía la ventana–. En cierto modo es una suerte que no tenga familia, ni nadie que me quiera porque les horrorizaría ver el hombre en el que tuve que convertirme para llegar adonde estoy. Bueno, nos veremos dentro de un par de horas en Barrows. Tenemos que hacer la presentación de nuestra vida.

Julia asintió muy despacio mientras lo veía salir del despacho. Sentía un ardor en el pecho que no quería identificar, pero estaba atravesando la gruesa coraza con la que se había protegido. La quemaba por dentro y no tuvo más remedio que reconocerlo, al menos ante sí misma.

«Estás muy equivocado, Ferro, porque hay alguien que te quiere».

Se llevó la mano al estómago y esperó hasta que se le pasaran las náuseas. Sí, había cometido una tremenda estupidez. Se había enamorado de Ferro. Lo que estaba ocurriendo entre ellos le había enseñado tanto sobre sí misma. La había ayudado a despojarse de la coraza y a descubrir que ya no la necesitaba.

Y había empezado no solo a amarlo, sino también a confiar en él.

Sin embargo ella no había conseguido tanto con él. Ferro seguía siendo el mismo que al principio.

No importaba las mentiras que se dijera a sí misma, no había significado nada que durmieran juntos bajo las estrellas.

Bueno, para ella sí.

Para él lo único que importaba era el trabajo y el proyecto Barrows. El problema era que Julia solo podía pensar en lo que ocurriría cuando la presentación hubiera terminado porque entonces ya no habría ningún motivo para que Ferro siguiese acostándose con ella.

Y eso era algo para lo que no estaba preparada.

Capítulo 13

RELÁJATE –le susurró Ferro.

–Está a punto de llegar todo el mundo y vamos a hacer una presentación asombrosa.

–Hamlin también viene. Me he enterado justo antes de entrar, cuando me ha llamado Weston.

–A mí no me ha llamado el director general.

–Porque yo soy el titular del proyecto –respondió en tono provocador.

–De eso nada, ricachón. Este proyecto es tan mío como tuyo –le agarró la mano por debajo de la mesa.

Él se quedó inmóvil un instante antes de retirarla.

Entonces se abrió la puerta y aparecieron los directivos de la empresa, acompañados de Scott Hamlin, que tenía la mano en la espalda de Carl Weston y se reía a carcajadas.

Scott fue el primero en presentar su propuesta. A medida que hablaba, Julia iba ganando más y más confianza porque su proyecto no era ni mucho menos tan sofisticado, ni tan genial como el que habían preparado ellos.

Prácticamente había dejado de escucharlo cuando comenzó a exponer sus conclusiones.

–En definitiva, les ofrezco un producto de fabricación barata y pocos costes de mantenimiento. Pero, lo que es aún más importante, mi empresa jamás empañará la reputación de Barrows. En Hamlin Tech abogamos por los valores familiares, algo muy diferente a lo que representan mis competidores. Pero claro, todos sabemos que el señor Calvaresi es todo un profesional en obtener lo que quiere de las mujeres a través de la seducción. Y, a diferencia de la señorita Anderson, en Hamlin nadie ha vendido nunca su cuerpo a la competencia para ponerse por delante –al decir eso, clavó su mirada en Julia.

Fue como una bofetada en la cara. Sabía que no era cierto, pero Hamlin era el tipo de hombre que presuponía ese tipo de cosas de una mujer porque no sentía el menor respeto por el género femenino. Un motivo más para aplastarlo con la presentación que estaba a punto de llevar a cabo.

La sala se quedó en completo silencio cuando él terminó. Julia esperaba que alguien le reprochara sus palabras, pero no fue así. Miró a Ferro; el brillo de sus ojos solo podía describirse como letal.

–Vamos a hacer nuestra presentación –le dijo Julia–. Él no importa.

Se pusieron en pie e hicieron lo que tanto habían ensayado. Primero habló Julia y luego Ferro se encargó de exponer los detalles técnicos con voz firme, una voz que se volvió aún más dura cuando al final se dirigió a Scott Hamlin:

–No sé a qué clase de valores familiares se refiere, pero no me parece que acosar sexualmente a las empleadas sea un valor familiar. No me importa lo más mínimo lo que opine de mí; soy todo lo que se dice de mí y cosas aún peores. Pero si se atreve a insinuar que Julia ha llegado a donde está por algo que no sea su increíble esfuerzo y su genialidad, le enseñaré algunos trucos de supervivencia que aprendí en la calle que no le dejarán indiferente.

El silencio se hizo ensordecedor. Julia miró a Ferro con orgullo, pero también con ganas de estrangularlo.

–Llámenos para comunicarnos su decisión –dijo Ferro antes de salir de la sala con ella.

–¡Ferro! Es probable que acabes de arruinar todas nuestras posibilidades –le dijo en cuanto estuvieron fuera.

–No deberían haber permitido que dijera eso de ti –espetó Ferro al tiempo que se dirigía al ascensor–. Es absurdo. Te ha insultado como persona y como empresaria y no podía quedarme de brazos cruzados.

Julia se apoyó en la pared del ascensor, de pronto estaba muy cansada.

–No es la primera vez que me insultan, Ferro, pero la verdad es que nunca me habían acusado de utilizar mi cuerpo para conseguir lo que quiero. Supongo que son las consecuencias de tener vida sexual.

–Pero no es justo.

–Estoy bien, o lo habría estado si tú no hubieses dicho nada.

Ferro se volvió a mirarla, con los ojos encendidos.

–Pero yo no habría estado bien –se abrieron las puertas y salieron del ascensor y del vestíbulo a la calle–. Quizá es mejor que esta noche duermas en tu casa, Julia.

–Está bien... si es eso lo que quieres –quería pedirle que cambiara de opinión. Deseaba decirle que necesitaba estar con él después de un día como ese porque sabía que era el único capaz de entenderla. No solo porque hubiera estado allí, sino porque también era su vida. Y su pasión.

Quería sentarse en el sofá a charlar de lo horrible que había sido todo mientras tomaban una copa de vino y luego pasar la noche haciendo el amor.

Pero él no quería.

–Bueno... –entonces se dio cuenta de que ya no tenían ningún motivo para verse–. Supongo que ya nos veremos –solo esperaba que fuera así.

Ferro asintió una sola vez y se metió en su coche.

–¿A casa del señor Calvaresi? –le preguntó el conductor una vez ocupó el asiento trasero.

–No. A la mía, gracias –respondió, con un nudo en la garganta.

–¿Ha ido bien la presentación, señorita Anderson?

–No –reconoció–. No ha ido bien.

Al final decidió poner en práctica lo del sofá y el vino ella sola. No necesitaba a Ferro para nada. No importaba que se sintiera sola, triste y con frío, a pesar de la manta y de la ropa de deporte.

Puso un poco de jazz para completar la patética escena y trató de convencerse a sí misma de que no estaba así por Ferro, sino por la presentación. ¿Entonces por qué solo pensaba en él? Tenía ganas de gritar, pero lo que hizo fue apretarse las rodillas contra el pecho y respirar hondo.

De pronto sonó una alarma que anunciaba que había un vehículo en la puerta exterior. Agarró el mando a distancia y puso la imagen de la cámara de seguridad en la televisión.

Era un deportivo oscuro, pero no veía al conductor.

–¿Puedo ayudarlo en algo? –preguntó a través del intercomunicador.

–Eso espero.

Le dio un vuelco el corazón al oír la voz de Ferro.

–Yo también lo espero. Sube –apretó el botón y se levantó de un salto, frotándose las manos con nerviosismo.

No estaba precisamente sexy con aquella ropa de deporte, pero tampoco le daba tiempo a cambiarse y era muy probable que Ferro no fuera buscando nada sexy.

–¿Qué te trae por aquí? –le preguntó nada más abrirle la puerta.

Apenas miró a Julia, Ferro respiró aliviado. Solo con verla se sentía mejor.

–No podía dormir –no había podido dejar de pensar en ella, por eso se había levantado en mitad de la noche y había salido de casa para poder estar cerca de ella.

–¿Me estás echando la culpa de tu insomnio, o solo querías compartir tus desgracias conmigo?

–Te culpo a ti, sí –le respondió con furia, lo que le resultaba mucho más fácil que ser sincero–. Nunca he tenido ningún problema en manejar la frustración sexual y créeme que en doce años de abstinencia ha habido mucha frustración. Pero esta vez no es algo que pueda solucionar con una ducha fría o aliviándome solo. El problema es que no dejo de pensar en lo que me falta; me falta tu olor, tu suavidad, tus caricias –las palabras salían de su boca como un torrente–. Me lo has estropeado todo.

–Vaya, gracias.

–Te deseo. Ahora –era mucho más que eso. Estaba temblando de deseo y... por algo más que no sabía identificar–. Como al principio –le pidió–. Yo doy las órdenes y tú obedeces.

Julia lo miró a los ojos, eran los ojos de un hombre herido, desesperado. Reclamaba el control porque era lo único que conocía que le daba seguridad.

–Sí –aceptó, aunque sabía que no debería hacerlo.

–Quítate la ropa.

Julia miró a la ventana. Daba a una playa privada, pero de todas maneras.

–¿Aquí?

–¿Te da vergüenza después de haber estado viendo las estrellas desnuda en mi azotea?

Aquello había sido un momento de conexión y de dulzura, mientras que lo de ahora era pura intensidad.

–Haz lo que te digo o me voy.

Al volver a mirarlo a los ojos, Julia se dio cuenta de que, a pesar de dar las órdenes, no era él el que controlaba la situación. Se quitó el pantalón y la sudadera bajo su atenta mirada y después subió las escaleras que conducían al dormitorio tal como él le pidió.

Se sentía poderosa y vulnerable, débil y fuerte al mismo tiempo. Pero ese era el efecto que tenía estar con Ferro. Con él se sentía más segura de lo que se había sentido en toda su vida, pero también más aterrada porque era consciente de lo que podría perder.

Y sabía que era como acabaría todo.

Abrió la puerta del dormitorio, pero se quedó parada, a la espera de nuevas órdenes.

–Súbete a la cama y ponte de rodillas.

Volvió a obedecer. Oyó sus pasos detrás y luego sintió el peso de su cuerpo en el colchón y el calor de su mano en la espalda.

–Tienes una espalda preciosa –susurró mientras la recorría con los dedos–. La primera vez que me sentí atraído por ti fue en la premier, cuando llevabas ese vestido que te dejaba la espalda descubierta. Al principio no reconocí lo que sentía porque llevaba demasiado tiempo frenando cualquier tipo de sentimiento. Y todo por culpa de esta maravillosa espalda.

Le desabrochó el sujetador, que le cayó por los brazos. Julia se lo quitó del todo y lo tiró al suelo. Él le puso las manos en los pechos y le acarició los pezones hasta dejarla sin aliento y sin capacidad de pensar. Clavó la mirada en la luna, que veía al otro lado del ventanal, porque él le había pedido que no se volviera, que no lo mirara.

–Eres perfecta. Ahora quiero que te agarres al cabecero. ¿Puedes hacerlo?

–Sí.

Aquello era muy excitante, pero quería tocarlo y mirarlo para intentar descifrar sus emociones. Pero enseguida dejó de necesitar nada y solo pudo sentir. Sintió su mano en la humedad que se escondía entre los muslos, después su lengua y más tarde lo sintió a él dentro de su cuerpo.

Era tan intenso que por un momento le resultó incómodo, pero solo fue un momento porque el dolor enseguida dejó paso al placer.

–¿Estás bien?

Solo pudo responder con un gemido mientras se agarraba con fuerza para recibir las deliciosas embestidas de su amante.

Un amante al que tuvo que mirar por fin. Al girar la cabeza, se encontró con una boca que la devoró con las mismas ansias que sentía ella.

Después lo miró a los ojos. Parecía poseído. Apartó una mano de su pecho y la llevó de nuevo a la humedad para acariciar la fuente de todo su placer.

Y entonces todo explotó a su alrededor y creyó que iba a romperse en mil pedazos. Un instante después sintió la tensión de su cuerpo y oyó un grito desgarrador que anunciaba el orgasmo de Ferro.

La estrechó en sus brazos por detrás y la tumbó sin separarse de ella.

Julia se giró para besarlo, pero él no le devolvió el beso.

–¿Por qué no te quitas la ropa?

Al ver que se levantaba pensó que iba a seguir su consejo, pero lo que hizo fue quitarse el preservativo y subirse el pantalón. El pánico se apoderó de ella.

–¿Qué haces?

–Me marcho.

En realidad sabía lo que estaba haciendo y por qué.

–No hagas eso, Ferro.

–¿Que no haga qué?

–Ya lo sabes. No finjas. Estás intentando poner distancia entre nosotros, es lo que pretendías desde que has llegado y lo que querías lograr con todo esto.

–No tengo que intentar poner distancia porque es

lo único que hay entre nosotros. Nuestros cuerpos han estado unidos, pero nada más.

–Eso no es cierto y lo sabes.

–Claro que lo es. Siento que sea tan difícil para ti.

–¡Eres un cobarde! –le gritó, porque no podía creer lo que estaba haciendo, que pretendiera actuar como si no hubiera sucedido nada entre ellos–. Te escondes tan bien, que hasta tú te lo crees. Pero a mí no puedes engañarme, Ferro. Te conozco.

–¿Crees que me conoces solo porque te he contado unas cuantas cosas de mi vida? ¿Porque nos hemos acostado juntos?

–No, creo que te conozco porque sé cómo te hacen sentir todas esas cosas. Porque sé que te duelen y que no te das la oportunidad de superarlo porque te sientes culpable y sucio. Porque tienes miedo. No sé de qué, pero sé que te aferras al pasado como si necesitaras protegerte.

–Tú también te escondes, Julia.

–Lo hacía, tienes razón. Pero ya no. Tenía miedo de confiar en alguien y de mostrarme vulnerable, pero tú me has enseñado lo maravilloso que es ser tal como soy. Confío en ti. Te amo, Ferro. Los dos merecemos mucho más de lo que hemos tenido hasta ahora. ¿Qué más da lo que piensen los demás? ¿Qué importa el pasado? Tenemos el futuro.

–Tú no me amas, Julia. Acabas de entrar en contacto con el sexo y crees que un orgasmo es lo mismo que el amor.

–No tienes derecho a decirme lo que siento o dejo de sentir –se defendió con furia porque se sentía traicionada y rechazada, una vez más–. Te amo. ¿Por qué te da tanto miedo? –lo miró, pero él no dijo nada–. Siento que mi pasión y mi entusiasmo te incomoden, Ferro. De verdad lo siento –hizo una pausa y se dio cuenta de todo lo que había estado conteniendo y de que estaba harta de hacerlo. Se había acabado–. ¿Sabes una cosa? No, no lo siento. No pienso disculparme más por ser como soy. Por reírme a carcajadas cuando algo me hace gracia, por volverme loca por un videojuego o por una película. Nunca voy a ser una persona normal. Cuando quiero a alguien, lo quiero de verdad. Con todo mi corazón, Ferro. Te amo con todo mi corazón. Quiero gritarlo a los cuatro vientos, sentirlo de lleno y no voy a dejar que nadie me diga que no puedo hacerlo o que está mal. No pienso seguir escondiéndome. Te amo y no me arrepiento de ello. Ahora eres tú el que decide. Puedes rechazarme si es eso lo que quieres, pero no pongas en duda lo que siento.

Cuando terminó de hablar se sentía más viva de lo que se había sentido desde hacía años. Si la rechazaba, la rechazaría a ella tal como era, no a esa versión pulida que había creado para sentirse más fuerte. Aunque sabía que eso la dejaba en una posición muy vulnerable.

–Ha sido muy agradable, Julia, y lamento que tenga que terminar –le dijo él con voz monótona, carente de emoción–. Pero es evidente que tiene que terminar.

Sentía ganas de gritarle.

–Ya no podemos volver atrás, Ferro –le dijo, con lágrimas en los ojos.

–Yo sí puedo –aseguró–. Como si nada hubiera pasado, *cara*. Porque el sexo para mí no es nada.

–No lo dices en serio.

–Has sido una magnífica amante y quiero recompensártelo con esto –echó mano a la bolsa del ordenador que había llevado y sacó de ella una carpeta–. Aquí está todo lo que he descubierto de tu empresa durante estos años. Hay cosas que ni he visto todavía y que pretendía utilizar cuando acabáramos nuestro proyecto conjunto. Quiero dártelo y prometerte que tu empresa está a salvo, que no voy a hacer nada contra ella.

–No lo quiero –respondió Julia, negándose a agarrar la carpeta.

–Así es como funciona. Tú me has dado sexo y yo quiero pagártelo.

–Te he dado mi alma, Ferro. Eso no puedes comprármelo.

–Pero yo no te pedí tu alma, querida –era la primera vez que no se lo decía en italiano–. Solo te pedí tu cuerpo y eso es lo que voy a pagarte.

–Necesitas denigrar todo lo que ha pasado para poder entenderlo, ¿verdad? Para equipararlo con todas las demás cosas de las que te avergüenzas porque eso te ayuda a aislarte del mundo y te protege de tus sentimientos.

–Yo no tengo sentimientos, Julia. Ni por ti, ni por nadie.

–Dime que no me amas –le pidió, porque necesitaba oírlo de sus labios–. Dímelo y aceptaré tu maldita carpeta.

–No te amo.

Las lágrimas le desbordaron los ojos.

–Muy bien. Ahora sí que se ha acabado –se tapó el pecho con la carpeta porque de pronto se sentía incómoda desnuda–. Lárgate de mi casa.

Ferro se dio media vuelta y salió de la habitación, cerrando la puerta tras de sí.

Julia se derrumbó sobre la cama, tenía el estómago revuelto y las piernas temblorosas. Se apretó la carpeta contra el pecho y lloró.

Ya estaba. Había hecho lo que debía.

No podía quedarse con ella ni un momento más. No podía estar con una mujer capaz de verlo por dentro de esa manera, una mujer que le hacía perder el control en todos los sentidos. Era inaceptable. Primero se había acostado con ella sin protección y luego la había defendido en la reunión. Había ido a verla para demostrarse a sí mismo que seguía teniendo el control de la relación, pero cuando lo había besado con toda esa emoción, se había dado cuenta de que estaba perdido y había tenido que recurrir al plan de emergencia.

Había convertido su relación en una simple transacción y ahora se sentía fatal. La había traicionado. La había hecho llorar.

Nunca se había odiado tanto como se odiaba en aquel momento. Julia tenía razón en todo lo que había dicho de él. Era un cobarde que se aferraba al pasado para protegerse, pero ella había destruido toda su capacidad de protegerse y ahora tendría que volver a construir el muro que había tardado años en levantar.

Solo necesitaba un poco de tiempo lejos de ella. Las cosas volverían a la normalidad. Tenía que olvidarla.

Capítulo 14

SU CASA era horrible. Un lugar lleno de lujo, opulencia y nada más. Ferro llevaba cinco días intentando olvidar. Eran las dos de la mañana, estaba medio borracho y aun así no había conseguido olvidar.

Su cama estaba tan fría como su corazón y no había nada que pudiera hacer para entrar en calor. Ahora que había perdido a Julia, se daba cuenta de que todo lo que tenía era falso. El dinero no había cambiado nada; seguía siendo un muchacho asustado y solo. Lo único que podía cambiar era él y eso le daba mucho miedo porque, si se abría a alguien, corría el riesgo de recordar y tener que enfrentarse a todo lo que había sentido en los últimos doce años.

Pero si no lo hacía, no podría recuperarla, ni ser feliz.

Miró a su alrededor y supo que nada de aquello tenía sentido sin Julia.

Se arrodilló en el suelo y se tapó el rostro con las manos. Estaba pudiendo con él. El peso de la vergüenza y del odio que sentía hacia sí mismo y hacia las mujeres que lo habían utilizado. Tenía la sensación de estar hundiéndose en un pozo sin fondo.

Pero aún veía una pequeña luz.

Era Julia, que le tendía la mano para ayudarlo. Una mano que él había rechazado.

Maldito fuera, había rechazado la salvación.

Julia salió del baño de su despacho y se derrumbó en su silla. Acababa de venirle el periodo. Eso era bueno porque significaba que no estaba embarazada, pero también quería decir que ya no había nada que la uniese a Ferro. Salvo, quizá, el proyecto Barrows, pero no albergaba demasiadas esperanzas al respecto.

Seis días después y aún le dolía el alma. Sin embargo había algo que tenía que agradecerle a Ferro. Había conseguido que se reconciliara consigo misma y con su pasado, que se sintiera completamente libre y sin necesidad de fingir. Eso siempre se lo agradecería.

Oyó el pitido del intercomunicador que anunciaba la voz de Thad.

–Julia, va camino de tu...

Levantó la mirada justo a tiempo de ver entrar por la puerta a Ferro.

–¿Qué haces aquí?

Tenía barba. Nunca lo había visto con barba y mucho menos con una tan descuidada.

–Han elegido a Hamlin –anunció sin preámbulos.

–Ah –tuvo que tomarse unos segundos para reaccionar–. No puedo creer que se tragaran esa patraña de los valores familiares. Es un sinvergüenza y nuestro GPS era mucho mejor.

–Pero yo le amenacé delante de todo el mundo.

–Por cierto, no estoy embarazada. Supongo que es

mejor que te lo diga cuanto antes ahora que nuestra asociación llega definitivamente a su fin.

–¿No estás embarazada? –repitió con una expresión extraña.

–No. No llevo dentro al heredero de tu imperio. Lo siento.

–Julia...

–¡No puedo creer que hayan escogido a Hamlin!

–No importa –Ferro empezó a caminar de un lado a otro del despacho–. Supongo que sabes que todo esto es culpa tuya, ¿verdad?

–¿Mía? Eres tú el que perdió los papeles en medio de la reunión.

–Porque te había insultado. Perdí el control y eso no me había pasado jamás. Es todo por ti. Tú me has cambiado y no sé cómo volver a lo de antes. Llevo seis días sin ti, solo seis días, y no puedo comer, no puedo pensar en otra cosa que no seas tú. Es como si me hubiese quedado sin alma y estuviese vacío. ¿Sabes lo aterrador que es?

–Sí –dijo ella sin dudarlo–. Lo sé perfectamente porque es lo mismo que siento yo. También yo me he quedado sin alma porque mi alma eres tú y no te tengo. ¡Es un asco! No me importa Barrows, ni Hamlin, ni nada. Solo me importas tú.

Ferro rodeó el escritorio, la agarró de las manos y la puso en pie para poder abrazarla. La besó con todas sus fuerzas, con todo su corazón y cuando se apartó y la miró a los ojos, Julia pudo por fin ver en ellos todas sus emociones. No le ocultaba nada.

La besó de nuevo con todo el sentimiento que seguramente llevaba treinta y cuatro años conteniendo.

–Tenías razón –admitió él cuando se separaron y volvieron a mirarse, con la respiración entrecortada–. Soy un cobarde. Siempre supe que cuanto más se necesita, más se puede perder, así que me obligué a mí mismo a no necesitar a nadie y, cuando me di cuenta del monstruo en el que me había convertido, ya no podía volver atrás.

–Lo dices como si lo hubieras hecho por capricho y no para sobrevivir.

–Lo sé. Ahora lo sé, Julia. Gracias a ti. Gracias a tu alegría, a tu entusiasmo y a tu inocencia. Me has enseñado una vida que ni siquiera sabía que existiera, pero que ahora deseo con todas mis fuerzas.

–Ferro... tú has hecho que me sienta orgullosa de quien soy. Me haces sentir especial. Bueno... excepto cuando te fuiste de mi casa. Eso me rompió el corazón.

–A mí también, Julia, y eso que ni siquiera sabía que tuviera un corazón que romper. Ha sido todo un descubrimiento. Como el darme cuenta de que podía sentir, de que el dinero no lo arreglaba todo y que por mucho que tuviera, siempre me daría miedo sentir frío o dormir a la intemperie. Tú me has cambiado. Amarte me ha hecho cambiar. Si puedes aceptar a un hombre como yo, con mi pasado, también yo podré aceptarme y superarlo todo. Si tú me perdonas, también podré hacerlo yo.

–No hay nada que perdonar –le aseguró con un beso–. Nada de que avergonzarse. Me siento muy orgullosa de ti, de conocerte y de amarte. Porque contigo, hasta me siento orgullosa de mí misma.

–Te amo, Julia. Jamás lo había sentido y jamás había dicho esas dos palabras.

–Es un honor ser tu primera amante. Y tu primer amor –le dijo–. Ah, quiero devolverte esto –sacó de un cajón la carpeta que él le había dado–. Para ti. Haz lo que quieras con ella.

Ferro se giró y la tiró a la trituradora de papel.

–¿Y eso?

–No me interesa destruir Anfalas. El mundo te necesita. Necesita tu creatividad y tu pasión. Igual que yo.

–Creo que es lo más bonito que me han dicho nunca.

–Mereces que te lo digan más a menudo.

Julia miró de nuevo a la trituradora de papel.

–Oye, Ferro, ¿qué te parece si nos asociáramos?

–¿Para?

–¿Alguna vez has pensado expandirte hacia la industria del automóvil?

–¿Qué?

–Creo que hacen falta buenos GPS y la página de JulErro tiene alrededor de cincuenta mil seguidores en estos momentos.

Julia le expuso todas sus ideas y Ferro no pudo hacer otra cosa que mirarla, embobado y fascinado.

Cuando terminó, volvió a estrecharla en sus brazos y la besó.

–Julia Anderson, eres perfecta.

–Entonces puede que vaya a la próxima presentación vestida de elfo. Ahora que me siento tan liberada, soy capaz de todo.

–Vas a estar guapísima.

–¿De verdad?

–Claro –aseguró él–. Porque seguirás siendo tú.

Epílogo

EL LANZAMIENTO de toda una línea de coches era algo importante y, teniendo en cuenta todo lo que había hecho Julia Anderson, eso era mucho decir. Ordenadores, teléfonos, sistemas de navegación, amor... sí, tenía una vida muy completa.

Miró al público, a las miles de personas que llenaban el aforo y respiró hondo antes de comenzar a hablar de la colección de automóviles JulErro.

–Gracias por acompañarnos hoy en el comienzo de la aventura más ambiciosa, tanto de Datasphere como de Anfalas.

En la pantalla gigante que tenía detrás debía aparecer el logo de la empresa, pero no fue así.

Lo que apareció fue el rostro de Ferro.

–Señor Calvaresi, por si no lo ha olvidado, esta presentación también es suya, así que no debería estropearla.

El público se echó a reír.

–Lo sé, señorita Anderson, y no pretendo estropearla –de pronto se puso en pie y desapareció de la pantalla... para aparecer en el escenario.

–Parece que mi socio se está dejando contagiar de mis dotes para el espectáculo –bromeó Julia–. Quién lo habría imaginado.

La gente se volvió a reír.

–Anoche se me ocurrió algo –anunció Ferro.

–Es demasiado tarde para cambiar nada en los coches.

Seguramente el público pensaba que estaba todo preparado, pero no era así.

–No es eso. Quiero preguntarte algo y no puedo esperar ni un minuto más.

–Está bien, Calvaresi –dijo ella, temblando de repente–. Pregunta lo que quieras antes de que se nos aburra todo el mundo.

Entonces se arrodilló frente a ella y le agarró las dos manos entre las suyas.

–Julia, me he pasado toda la vida solo, pero este último año ha conseguido borrar toda esa soledad y ya ni siquiera recuerdo lo que es pasar frío de noche. Lo único que sé es que quiero estar contigo para siempre. Tú has borrado mi pasado, has llenado de felicidad mi presente y ahora quiero pedirte que compartas el futuro conmigo. Julia, ¿quieres casarte conmigo y hacerme el hombre más feliz del mundo?

Julia se arrodilló también, olvidándose de que había miles de personas observándolos. Nada importaba excepto él.

–Mira que has hecho numeritos para estropear mis presentaciones, pero nada comparado con esto.

–Será aún mejor cuando digas que sí –se sacó una cajita del bolsillo y de ella, un anillo que ella ni siquiera miró.

–Sí, sí, sí. ¿Dónde iba yo a encontrar un hombre que se pasara la noche levantado jugando videojugos conmigo? ¿Dónde voy a encontrar un hombre que me quiera tal como soy?

Ferro la estrechó en sus brazos y la besó. El público estalló en vítores y aplausos.

–¿Alguna otra razón? –le preguntó él.

–Bueno, sí, la más importante, que quiero pasar el resto de mi vida contigo.

–El dinero no me dio la felicidad, ni me hizo sentir en paz. Lo has hecho tú, Julia, y nunca podré dejar de agradecértelo.

–No necesito que me agradezcas nada. Solo que me ames. Y que me beses.

Y eso hizo él.